Als ich ein Kind war, redete ich wie ein Kind, dachte wie ein Kind, und urteilte wie ein Kind, als ich aber ein Mann wurde, tat ich ab, was kindlich war.
1. Korinther 13/11

René Seedorf

Der Antiheld

Erzählung

Impressum

Bibliografische Information der Deutschen Nationalbibliothek:
Die Deutsche Nationalbibliothek verzeichnet diese Publikation in der
Deutschen Nationalbibliografie; detaillierte bibliografische Daten sind im
Internet über http://dnb.dnb.de abrufbar.

© 2020 René Seedorf

Herstellung und Verlag: BoD – Books on Demand, Norderstedt

ISBN: 978-3-7526-4571-2

3.Oktober 2020

Geboren wurde ich im Jahre 1970. Meine frühe Kindheit verbrachte ich in dem idyllischen Ort Lehnin. Heute Kloster Lehnin im Brandenburger Havelland. Im Jahre 1180 durchwanderte ein Zisterzienser Mönch die schönen Eichenwälder, die diesen Ort seit jeher prägen. Er wurde müde und legte sich unter eine alte, große Eiche und schlief ein. Er träumte von einem prächtigen weißen Hirsch mit weißem Geweih. Als er erwachte vernahm er eine Stimme, die ihm sagte, dass er an dieser Stelle ein Kloster errichten solle. So wurde der Ort Lehnin das erste Mal schriftlich genannt und erhielt sein Wappen.

Bullerbü

In den 1970ziger Jahren hatte der Ort Lehnin ungefähr 7000 Einwohner und einer davon war ich. Wir hatten ein schönes altes Haus am Waldrand, so dass ich es zu Abenteuer und Spiel nicht weit hatte. Wie froh ich heute noch bin das ich kein Stadtkind war. Ein Badesee, der Golitzsee war auch nicht weit und lag direkt am Waldrand. Ich wohnte im Haus meiner Großeltern, die für mich auch sehr prägend waren, denn meine Mutter arbeitete viel in der Küche des Klosterkrankenhauses, Schicht. Ich sah sie nicht oft. Dafür liebte ich Oma und Opa umso mehr, sie waren immer für mich da. Meine Großmutter arbeitete nur halbtags in der Näherei des Jugendwerkhofs. Eine Strafanstalt für schwererziehbare Jugendliche direkt am Golitzsee. Ich besuchte sie dort öfter und dann freuten sich die anderen Näherinnen dort und es gab heißen Kakao und Butterbrot. Ich liebte es immer in der bunten Knopfkiste zu wühlen und mir die verschiedenen Knöpfe anzusehen. Mein Großvater war der Schuster im Ort. Da er im Krieg ein Bein verloren hatte, war die Werkstatt direkt auf dem Hof unseres Hauses. Oft saß ich auch dort und spielte an den Hebeln der

Nietmaschinen, die dort herumstanden. Und gerne lauschte ich den Geschichten der Kundschaft, die ihre kaputten Schuhe brachten, damit mein Opa sie wiederherrichtete. Er hatte immer genug zu tun, denn man warf die Schuhe damals nicht einfach weg und kaufte neue, wenn daran etwas war. Wir lebten in der DDR da war das nicht üblich, aber ich fand das vollkommen gut, wie es war. In dem Kindergarten, in den ich eigentlich gehen müsste, wollte ich gar nicht sein und lief oft weg, bis meine Eltern es aufgaben mich immer wieder dahin zu schicken. Obwohl er ganz in der Nähe lag und ich die Kindergärtnerin mochte, fühlte ich mich unter den anderen Kindern nicht wohl. Sie waren laut und gingen mir auf die Nerven. So verpasste ich es wohl zu lernen mir Position und Anerkennung zu erstreiten, aber damals mochte ich schon die Ruhe sehr und das stille Beobachten der Arbeit von Oma und Opa. Na und Opa schlug mir keinen Wunsch ab, wenn ich ihn bat mir Pfeil und Bogen zu bauen, aus einem geraden Haselnussast mit einer festen Pechschnur die er als Schuster ja vorrätig hatte. Auch Steinschleudern konnte er bauen aus einer Fliederholzgabel, Leder, Fahrradschlauch und Draht. Er zeigte mir viel und ich durfte seine alten kaputten Röhren Radios ausschlachten. Er liebte es am Wochenende immer Blasmusiksendungen im Radio zu hören, das mochte er laut, so erschallte das große Holzradio, das im Schuppen stand über den ganzen Hof im Sommer. Und später gab es dann Kaffee und selbstgebackenen Kuchen und dann oft einen Spaziergang durch den Eichenwald zum See. Mein Opa konnte nur langsam laufen, wegen seinem Bein. So sprang ich den ganzen Weg immer von links nach rechts ins Gebüsch und wieder zurück. Pausen gab es auch auf den grünen Bänken, die in Abständen am Wege standen. Es war eine schöne Zeit.

Ich beginne jetzt eine Aufzählung, die für mich nicht nur Bilder, Erinnerungen und Sehnsüchte weckt, sondern die gleichzeitig auch eine Art Meditation für mich ist. Ich zähle die Geschäfte in Bildern manchmal in den Gedanken durch und vergesse eigentlich immer etwas. Mal sehen, ob ich nun alle zusammen bekomme hier geschrieben. Der Ort Lehnin war nie eine Stadt, obwohl man es bei all dem was es dort gab meinen könnte. Aber Lehnin hatte nie Stadtrecht und blieb so eine Ortschaft. Also jetzt fange ich an.

Wie gesagt mein Großvater hatte eine Schusterwerkstadt und außerdem gab es einen Eisenwarenladen, einen Gemüseladen, einen Tabak und Spirituosenladen, ein Lampen- und Elektrogeschäft, einen Stoff und Teppichladen, Einen Milch und Käseladen, ein Fischgeschäft, eine Apotheke, ein Haushaltwarenladen, ein Drogerie und Fotogeschäft, ein Fahrradladen, eine Bank und Sparkasse, eine Alte Post, ein Kolonialwarengeschäft, ein Schreib und Spielzeuggeschäft, einen Uhren und Schmuckladen, einen Radio und Fernsehladen, ein Schuhgeschäft, ein Möbelladen, eine Sattlerei, drei Konsumgeschäfte, drei Bäckereien, drei Fleischereien, sechs Gasthäuser, eine Eisdiele, drei Frisöre, einen Steinmetz, ein großes Haus mit Zahnärzten, ein Landambulatorium mit verschiedenen Ärzten, ein Krankenhaus, ein Blumenladen, eine Tankstelle und drei Schulen. Habe ich was vergessen?

Was ich damit sagen möchte, nicht nur in der Werkstatt meines Großvaters war es interessant und die Kunden erzählten ihre Neuigkeiten, nein es war überall so. Wenn ich mit Mutter, oder Großmutter zum Einkaufen ging, denn alles lag in Fußreichweite, dann war dieses immer sehr interessant. Und als vier, oder fünfjähriger lieber Junge wurde auch ich oft mit angesprochen. Ich erinnere mich sehr gut, wie unser Fleischer mir oft eine Wiener Wurst, oder eine dicke Scheibe Leberkäse mit einem Blatt Papier über den Tresen reichte, ohne es vorher auf die Wage zu legen und zu berechnen. So lernte ich Danke zu sagen. Auch beim Bäcker, wo es duftete, bekam ich oft einen leckeren frischen Keks gereicht. Überall wurden Neuigkeiten ausgetauscht, man kaufte etwas und bekam die neusten Nachrichten gratis dazu. Ich fand das herrlich. Und es gab noch ein Geschäft, ich hätte es fast vergessen, dass gehörte meiner Tante, der Frau von meines Opa Bruder. Der starb aber kaum, dass ich ihn kennen lernte. Er war Tischler und starb früh an Krebs. Mein Opa hatte einen kleinen Tisch von ihm, er sagte das war sein Gesellenstück. Dieser kleine Tisch steht nun bei mir und ich erhalte ihn in Ehren. Meine Tante hatte ein Geschäft zur Annahme von Regenschirmen, die zur Reparatur verschickt wurden. Ja so etwas gab es auch. In ihrem Laden stand ein gelber geschwungener Stuhl, auf dem ich mich immer fläzte, denn Mutter, oder Oma blieben dort immer lange zum Quatschen, war halt Verwandtschaft.

Eltern haften für ihre Kinder

Es wurde eine neue Schule gebaut. An der Baustelle standen Schilder BETRETEN VERBOTEN Eltern haften für ihre Kinder. Das kümmerte mich wenig, ich kletterte auf Förderbändern herum und sprang von ihnen in große Kieshaufen und rollte hinab, kletterte durch den Rohbau, ohne Geländer auf das Dach, all das machte Spaß. Zu Hause wusste niemand, wo ich mich herumtrieb, nur eines war gewiss, dass ich oft mit dreckigen Sachen nach Hause kam. Dann war die Schule fertig und ich auch, ich war sechs Jahre alt und das sollte meine neue Schule werden. Man war aber der Ansicht mich zu einer psychologischen Untersuchung zu schicken, um zu prüfen, ob ich reif genug war für die erste Klasse. Man schätzte mich als sehr intelligent ein und gab grünes Licht. Von Autismus, oder ähnlichem hatte ich nichts gehört.

Wie oft bin ich den Weg gegangen auf die verbotene Baustelle zum Herumtoben, aber am ersten Schultag hatte ich Angst den Weg allein zu gehen. Mein Stiefvater, den ich da schon hatte, schimpfte zwar und sagte, ich müsse lernen allein zu gehen, aber meine Oma hatte Mitgefühl und nahm mich an die Hand und brachte mich bis vor die Tür meiner neuen Schule. Am zweiten Tag ging ich allein. Ja ich hatte Freude zur Schule zu gehen. Da waren alte Gesichter, die ich vom Kindergarten kannte, wo ich selten war, aber alle waren nett. Und auch meine Klassenlehrerin fand ich nett und so wurde ich ein sehr guter Schüler.

Bullerbü adieu

Mein Stiefvater kam vom Dorf, seine Eltern waren einfache Bauern und in seiner Kindheit musste er schon früh auf dem Feld mitarbeiten und waren seine Leistungen den Eltern nicht genug, dann gab es auch mal Schläge. Diese Einstellung versuchte er an mich weiter zu geben, bis heute habe ich kein gutes Verhältnis zu ihm aufbauen können, als Kind machte er mir immer Angst und ich war froh, wenn er arbeiten, also nicht zu Hause war. Und er arbeitete viel und fleißig, er wollte nicht mehr Bauer sein und wurde Maurer.

Er brachte mir einen Bruder, der mich aber in den ersten Jahren kaum interessierte. Er baute die Wohnung im Dachgeschoss des Hauses weiter aus, eine Toilette, so dass man nicht immer nach unten gehen musste. Er baute eine Garage aus Beton, einen Hühnerstall aus Beton, einen Holz- und Kohleschuppen aus Beton, eine neue Jauchengrube aus Beton und für uns Kinder baute er einen kleinen Pool aus Beton in den Garten. Leider war meine Freude darüber nur kurz, denn bald schwammen in dem Pool große, schwarze Unterwasserkäfer herum. Ich wollte dann nicht mehr in den Pool. Meine Großmutter fand all das unnütz und protzig. Später schüttete sie den Pool mit Erde auf und pflanzte einen Rosenbusch mitten hinein. Das Verhältnis zwischen meinen Eltern und Großeltern wurde immer dorniger. Oft ging es um mich, meine Großeltern würden mich verwöhnen, das sei nicht gut redete mein Stiefvater. Und meine Mutter war ihm gegenüber loyal und hatte keine eigene Meinung und sie nahmen nicht war, dass ich meine Großeltern mehr liebte als sie und dass mir der Verlust von Oma und Opa sehr nahe gehen würde. Das nahmen sie nicht wahr und so beschlossen sie weg zu ziehen in ein Dorf, etwa zehn Kilometer von Lehnin entfernt, das Dorf hieß Trechwitz. Es gab dort eine alte Kirche, Kuhställe, Schweineställe, zwei Müllkippen, einen Dorfkonsum direkt gegenüber einem stinkenden Kuhstall und einen Bäcker, der aber so schlecht war, dass meine Eltern immer ins Nachbardorf fuhren, um Brot und Brötchen einzukaufen. Mit dem Fahrrad war ein See zu erreichen und ich entdeckte das Angeln für mich. Im Winter lag zu der Zeit noch Schnee und es gab einen Rodelberg. Mehr konnte man dort nicht machen. Und doch verging auch dort die Zeit, Frühling, Sommer, Herbst und Winter folgten immer wieder aufeinander. Wir wohnten in einem neuen Mehrfamilienhaus mit zwei Eingängen und acht Mietparteien. Das geistige Niveau der Dorfbewohner war alles andere als das ich gewohnt war von meinem paradiesischen Kindheitsort Lehnin. Das spürte ich auch bald in der neuen Schule im Nachbardorf, wo ich von nun an hingehen, nein hinfahren musste. Im Winter fuhr ich täglich mit dem Bus im Sommer oft mit dem Rad die drei Kilometer. Im ersten Jahr wurde ich gehänselt und musste mich auch prügeln, was ich gar nicht kannte und mir auch überhaupt nicht gefiel. Ich war unglücklich und das machte sich auch in meinen schulischen Leistungen bemerkbar. Ich war unaufmerksam, malte in meinen Schulbüchern herum und arbeitet kaum mit. Wurde ich aufgerufen, dann versagte mir oft die Stimme, ich hatte Angst. Mein Vater interessierte sich nicht dafür, wie es mir ging. Er erfuhr nur, dass ich ein immer schlechterer Schüler wurde, weil meine Mutter gerade dort in meiner Schule eine Arbeitsstelle als Reinigungskraft fand und meine Lehrer es nicht schwer hatten ihre Kritik an mir weiterzugeben. Meine Mutter war immer dort. Viele weise Worte hatten meine Eltern nicht.

„Du lernst nicht für die Schule, sondern für dein Leben!" Das hörte ich immer wieder, dazu oft Schimpf und auch Schläge von meinem Stiefvater. Er kannte das nur so aus seiner Kindheit betonte er immer wieder und was für ihn gelte, das gelte auch für mich. Meine Mutter hielt sich in der Regel heraus, denn sie fürchtete auch seine oft tyrannische Art. Sie war meistens in der Küche beschäftigt, wenn mein Vater in unserem Kinderzimmer tobte. Ich entwickelte beinahe unbemerkt so einen Hass gegenüber meiner Mutter, weil sie auch nicht sah, wie es mir ging.

Fleißig und sauber waren meine Eltern, wir waren sehr gut versorgt materiell. Geburtstage und Weihnachten waren immer reich von Geschenken. So erinnere ich mich auch daran immer wieder, dass ich wirklich alle Spielzeuge, die in der DDR hergestellt wurden, auch bekam. Auch das wurde im Laufe der Zeit eine Art Meditationsübung für mich das Aufzählen vor meinem geistigen Auge. Darum mache ich das hier auch um aufzuzeigen das es in der DDR doch vieles gab und dass die Qualität und der Einfallsreichtum der Spielzeugproduzenten groß und liebevoll waren. Ich bin heute froh, dass meine Kindheit in dieser Zeit war und nicht heute, sehr froh.

Also ich hatte eine Feuerwehr, lithografierte Blechrennautos, die hatten einen Feuerstein und machten Funken, wenn man sie anschob. Eine Autorennbahn hatte ich, eine Eisenbahn, ein ferngelenktes Polizeiauto, Rennwagen, Panzer, Mondfahrzeug, Raketenfahrzeug mit Kettenantrieb, Traktor mit Anhänger, Planierraupe mit beleuchtetem Motor, man konnte die Kolbenbewegung im Motor mitverfolgen, ein Rennboot, ein Segelschiff, sogar ein U-Boot mit langem Kabel das man damit auch in größeren Gewässern tauchen konnte. Baukästen mit Steckbausteinen, Metallbaukästen, Elektronikbaukästen, einen großen Optikbaukasten, elektrische Quizspiele, Kinderwerkzeugkästen, das war in etwa das was ich hatte und für das ich mich interessierte, doch letztendlich zerlegte ich immer alles fein und säuberlich in seine Einzelteile, wenn ich das Interesse verlor. So blieb nichts erhalten. Mein kleiner Bruder spielte am liebsten mit Cowboys und Indianern aus Gummi, auch Soldaten gab es. Dazu Westernstätte und Zäune aus Holz. Er baute still vor sich hin ganze Städte damit in unserem Kinderzimmer. Was mich oft ärgerte, dass er auch in meinem Bereich des Zimmers eindrang und sich ausbreitete. Da hatten wir oft Streit, der sich so äußerte, dass ich seine Bauwerke einriss und die Teile auf seine Zimmerseite schob. Er nahm das still hin und machte das trotz meines Verbotes immer wieder. Einig waren wir uns nur wenn wir mit unseren Stoffhunden spielten. Sie waren zwar gleich mit ihren schlaksigen Armen und Beinen, aber ihre Gesichter waren verschieden, einer hatte ein schlankes Gesicht und meiner hatte einen großen rundlichen Kopf. Ihre Namen waren Wischi und Waschi. Sie hatten auch Stimme und Charakter. Mein Wischi hatte eine tiefe Stimme und eine ruhige, behäbige Art, während Waschi eher eine hohe Stimme hatte und sehr lebhaft war. Letztlich aber waren diese charakterlichen Unterschiede aus meiner Fantasie entwachsen und mein Bruder passte sich dem an, mit seiner Art des stillen vor sich hin Spielens konnte ich gar nichts anfangen, obwohl ich das früher auch tat nur eben mit meinen Baukästen. Manchmal tauschen wir die Hunde für eine Weile, so wurden sie nie langweilig. Mein Bruder war eher sehr ruhig und unauffällig, nicht so wie ich. In mir steckte immer noch das Wald Kind immer auf der Suche nach Freiheit und Abenteuer. So kam es vor das ich nachts, wenn alle schliefen aus dem Fenster kletterte und mit dem Fahrrad durch die nächtlich stillen Dörfer fuhr und erst im Morgengrauen wieder zurück durch das Fenster kletterte und mich ins Bett legte und einschlief müde meiner Abenteuer. Manchmal fand ich einen Freund, der es wagte mitzukommen, dann machte das mehr Spaß.

Berliner Mauer 1984

Ich war 14 Jahre alt, Jugendweihe, man wurde in den Kreis der Erwachsenen aufgenommen und bekam seinen ersten Personalausweis. Es gab eine Feier, zu der man sich schick machen musste, neu einkleiden. Das muss ich zugeben war in der DDR nicht so leicht, doch mit ein wenig stöbern hatte ich neue Lederschuhe und ein dunkelgrüne Wildlederjacke gefunden, die mir gefiel, jedenfalls für diesen Anlass. Ob ich sie später noch einmal getragen habe weiß ich nicht mehr, ich glaube nicht. Von offizieller Stelle gab es für jeden Blumen und ein Buch über den Sinn des Lebens, was der sozialistische Staat sich darunter vorstellte. Es hieß wirklich „Der Sinn des Lebens" und ich blätterte es einmal durch wie bei einem Daumenkino und es verschwand zu Hause im Schrank wo es auch blieb. Viel Interessanter war, dass ich zur Jugendweihe ein nagelneues Moped bekam und man sammelte Geld von allen Leuten, die man so kannte. Das war so üblich, auch das man am Abend umherzog seine Schulkollegen traf und sich betrank. Meistens Kirschlikör. Und ich war das erste Mal im Leben sturzbetrunken, das ich es nicht mehr nach Hause schaffte und besinnungslos im Straßengraben kurz vor dem Ortseingangsschild lag. Man verständigte meine Eltern und ich erfuhr später das mein Stiefvater mich nach Hause getragen hatte. Von dem gesammelten Geld konnte ich mir einen heiß begehrten Kassettenrecorder kaufen von Stern Radio aus Sonneberg. Metallic Silber, ich war so glücklich. Von nun an war Musik aus dem Radio mitschneiden angesagt. Die ganze Vielfalt der 80ziger Jahre Rock und Pop. Ich liebte Musik, seit mein Großvater seine Blasmusik hörte. Später schenkte mir meine Mutter ihr altes rotes Kofferradio, als mein Stiefvater ihr einen schicken Sanyo Radiorecorder schenkte, dass ich nachts immer unter meinem Kopfkissen im Bett hatte und Mittelwelle hörte. Mutter mochte in ihrer wenigen freien Zeit auch Musik mitschneiden, oder wenn sie im Haus

Staub wischte und sich mit ihrer Musik motivierte, jedoch stand sie auf Schlager. Sie hatte etliche Ledertaschen voller Chromdioxid Kassetten. Durch sie kannte ich auch zwangsläufig alle Schlager dieser Zeit.

Meine Klassenkameraden wurden zum Teil im Alter von 7 Jahren eingeschult, deshalb hatten einige schon ihren Mopedführerschein und man traf sich mit den Fahrzeugen zum Rumhängen und Herumfahren. Ich war noch zu jung für den Führerschein und schlich mich oft mit meinem Moped davon und traf mich mit den anderen. Eigentlich durfte ich ausnahmsweise in den Apfelplantagen fahren, die mehrere Dörfer miteinander verbunden. Meistens passten sich die anderen dem an und wir hingen immer am Erntelager in Neu Bochow herum wo oft Mädchen wohnten aus anderen Städten und auch Ländern, die herauskamen und uns kennen lernen wollten. Auch gelegentlichen Spritztouren auf den Rücksitzen unserer Mopeds waren sie oft nicht abgeneigt. Einmal aber wollten alle zu einem Klassenkameraden auf den Hof fahren, warum das weiß ich nicht mehr. Ich war in der Klemme, sollte ich zurückbleiben, oder es wagen etwa knapp einen Kilometer öffentliche Straße zu fahren? Ich wollte dazu gehören und entschloss mich hinten an mit zu fahren. Als wir am Ziel waren mussten alle links abbiegen auf das Grundstück. Alle setzten wir den Blinker und einer nach dem anderen bog auf das Grundstück ab. Ich war der Letzte der das auch tat. Doch plötzlich schepperte etwas und etwas stieß von Hinten gegen mein Moped und da sah ich auch schon ein rotes Schwalbe Moped an mir vorbei schlittern und kurz dahinter eine Frau am Boden entlang. Ich hielt sofort an und half der Frau auf die Beine und auch ihr Fahrzeug hob ich auf. Ich fragte, ob es ihr gut ginge. Ihr Blinklicht am Lenker war abgefallen. Ich steckte es wieder an, aber es hielt nicht richtig. Geht doch wieder, nichts passiert sagte ich. Die Frau riss das Blinklicht wieder ab und schimpfte, doch das ist kaputt. Wie könne ich, ohne zu blinken links abbiegen warf sie mir vor. Ich sagte, ich habe geblinkt und mich ordentlich links auf der Straßenmitte eingeordnet. Und haben sie nicht gesehen das alle Mopeds vor mir das Gleiche getan haben und das ich wohl dazu gehöre. Damit muss man doch rechnen und wieso überholen sie mich dann noch mit voller Geschwindigkeit links? Wolle sie den Dorfpolizisten rufen, oder einigen wir uns so? Den Polizisten wollte sie nicht, aber sie wollte meine Adresse und wenn noch irgendwas sei, dann wolle sie bei meinen Eltern vorsprechen. Ich bat sie das nicht zu tun, mein Stiefvater hätte dafür kein Verständnis und würde mich kräftig verprügeln denke ich. Ob sie das wolle, fragte ich. Sie schwieg und wollte los und insgeheim hoffte ich, dass damit alles wieder in Ordnung ist.

Aber nichts war in Ordnung, ein paar Tage später kam ich nachmittags nach Hause und da stand die rote Schwalbe dieser Frau vor der Tür meines Hauses. Mein Stiefvater hatte auch eine rote Schwalbe, die öfter dort steht, wenn sie nicht in der Garage war. Aber ich sah das kaputte Blinklicht, ich erkannte genau, dass dieses Fahrzeug der Frau gehörte, die in mich rein gefahren war, und dabei war es nicht einmal meine schuld, ich hatte nur eben noch keinen Führerschein.

Ich bekam große Angst vor Ärger, Strafe und Prügel und beschloss nicht hinein zu gehen. Ich drehte auf dem Fuße um und lief einfach los durch die Plantagen. Ich lief und lief, die Sonne ging langsam unter und es wurde dunkel. Ich lief weiter. Irgendwann kam ich in ein Dorf, wo ich noch nie war, es hieß Weseram. Ich war sehr müde und fand ein altes, leerstehendes Haus, deren Tür mit einigen Brettern vernagelt war. Ich trat dagegen und die Tür öffnete sich. Einzig in einem Zimmer stand ein verstaubtes altes Sofa. Danke, das ist genau das Richtige, dachte ich. Ich legte mich hin und schlief bis am nächsten Morgen die Sonne durch die milchigen Fensterscheiben schien. Draußen war Bewegung, die Menschen waren schon unterwegs und ich schlich mich hinaus, niemand sah mich. Ich lief weiter und ein Schild zeigte, dass es dort entlang in die Stadt Brandenburg ging.

Es ging mir gut, es war Sommer und die Sonne wärmte, Hunger hatte ich nicht, aber ich war sehr durstig. Kurz bevor ich die Stadt erreichte sah ich an einem langen Gebäude einen silbernen Wasserhahn blitzen. Ich ging dort hin und drehte ihn auf, tatsächlich sprudelte frisches kaltes Wasser heraus und ich trank mich satt. Als ich fertig war fühlte ich mich gut und stark. In Brandenburg gibt es einen Bahnhof und von dort aus fahren Züge nach Berlin. Ich hatte etwas über 20 Mark in der Tasche, das reicht locker für eine Fahrkarte nach Berlin. So sollte es sein und schon saß ich im Zug nach Berlin. Ich dachte nicht mehr an den Grund, dass ich von zu Hause weggelaufen war, ich wollte einfach nur weg und unterwegs sein.

Am frühen Nachmittag erreichte ich Berlin Alexanderplatz und stieg aus. Ich wanderte umher, blickte hinauf zum Fernsehturm, ja dort oben war ich schon einmal mit der Schulklasse auf Klassenfahrt. Ich setzte mich auf eine Bank und sah dem Wasserspiel der Brunnen zu, wie die bewegten Fontänen im Sonnenlicht glitzerten. Ich beobachtete all die Menschen, die vorbeiliefen und so vergingen die Stunden. Dann kam in mir doch noch ein heftiges Hungergefühl auf und ich kaufte mir von meinem restlichen Geld eine Grilletta, sowas wie ein Hamburger heute und eine Ketwurst, das war eine warme Bockwurst die in Ketchup getaucht wurde, bevor man sie in ein längliches weiches Brötchen steckte, in das man vorher mit einem warmen Metalldorn ein Loch gebohrt hatte. Das fand ich lecker und ich dachte hier für immer zu bleiben. Doch es wurde wieder Abend und es wurde Nacht. Ich beschloss die Straße Unter den Linden entlang zu gehen, die direkt auf das Brandenburger Tor zuläuft.

Soll ich versuchen da rüber zu klettern, wie weit würde ich kommen, würden die mich erschießen? All das fragte ich mich im Gehen. Ab und zu standen kleine gläserne Hütten mit Neonlicht indem jeweils ein uniformierter Polizist stand vor den großen Häusern der Allee. Wie weit könnte ich gehen? Lasse ich mich erschießen? Auf die andere Seite wollte ich gar nicht, dass hatte mich noch nie interessiert. Mein Leben in der DDR gefiel mir eigentlich sehr. Das mit den Fahnen, dem Pionieren und der FDJ war für mich eher so etwas wie eine Faschingsveranstaltung, das war eben Teil des Lebens, aber ohne jede Bedeutung für mich. Darüber dachte ich auch nie nach, warum auch. Ich mochte die Natur, an meinem Moped basteln, im Sommer an den See baden zu gehen und eine Bockwurst und ein leckeres Glas Fassbrause, oder Cola gab es immer an der Seekneipe. Was sollte ich vermissen, was? Auch das Essen in der DDR schmeckte viel besser als das was es heute so gibt. Voll gefüllte Supermärkte, und ich stehe da oft vor den Regalen und weiß nicht was ich mir kaufen soll. Es schmeckt nichts mehr. Wer das alles kauft und in sich hineinstopft? Und wer entscheidet was schmeckt und auf den Markt kommt, sind das alles geschmackliche Analphabeten?

Nein damals wusste ich noch nicht was hinter der Mauer so los ist und ich wollte das auch gar nicht wissen. Es waren vielleicht nur die ersten Gedanken von Todessehnsucht in meinem jungen Leben. Würden die mich erschießen, wenn ich weiter ginge? Ich beschloss zurück zu laufen zum Alexanderplatz, dort sah ich Markthütten aus Holz stehen, wo sie tagsüber heimisches Gemüse anboten. Nachts waren diese Hütten sicher leer und ich könnte mich dort hineinlegen und versuchen zu schlafen. Das tat ich auch, dort hinein zu krabbeln war nicht schwer. Doch ich kam nicht zu Ruhe, ich sah durch die Bretter immer wieder Schatten und hörte Trittlaute von vorbeilaufenden Füßen. So leer und still, wie im Dorf Weseram in der letzten Nacht war es hier nicht. Wie lange war das schon her, dachte ich und wie wird es weiter gehen, was geschieht mit mir hier allein in dieser großen Stadt? Ich hatte keine Angst, mich fror es nur ein wenig, die Sommernächte konnten auch schon kühl sein.

Ich konnte nicht schlafen und kroch wieder aus dem Marktstand. Ich schlenderte durch die Nacht und mein Weg führte mich die Treppen einer Außenfassade hinauf. Ich weiß nicht mehr ob es ein Kaufhaus war, so etwas muss es gewesen sein. Da entdeckte ich hinter einer einfachen Absperrung einen Haufen mit großen, auseinander gefalteten, sauberen Kartons. Ich dachte, wenn ich es mir darunter gemütlich mache, werden die Kartons mich bestimmt etwas wärmen. Und so war es auch, ich machte es mir gemütlich und schlief bald ein.

Da weckte mich eine Stimme und eine Taschenlampe, die mir direkt in die Augen strahlte. Doch erkannte ich bald zwei Männer in Polizeiuniform. Hallo, wer sind sie? Kommen sie mal da raus! Müde und widerwillig stand ich aus meinem warmen Schlafgehege auf. Was sollte ich sagen? Schnell erzählte ich dem Polizisten ich wäre nicht von hier, nur ein Ausflug und hätte meinen letzten Zug nach Hause verpasst und der nächste Zug käme erst morgen früh. Sie wollten meinen Ausweis sehen, den bekam ich ja im letzten Jahr wie jeder mit 14. Ein verräterisches Ding so ein Ausweis und man sollte den ja immer mit sich führen. Sie nahmen mich mit zur Wache, das war nicht weit zu gehen. Ich ging brav mit. Dort setzten sie mich in einen Raum mit hellem Neonlicht, darin stand nur ein Tisch und ein Stuhl. Dort sollte ich mich hinsetzen und warten. Ich setzte mich und legte den Kopf auf den Tisch, ich war so müde. Können die nicht wenigstens dieses grelle Neonlicht ausmachen, dachte ich. Irgendwie schlief ich doch hin und wieder kurz ein. Am nächsten Morgen dann standen plötzlich meine Eltern im Raum. Sie holten mich ab, es gab kein Schimpfen, keine Vorwürfe, nichts. Wir gingen dann noch in die Markthallen am

Alexanderplatz, wo meine Eltern Dinge kauften, die es bei uns nicht gab. Ich ging einfach mit trug auch ein paar Beutel und war bald wieder zu Hause. Von der Frau mit der roten Schwalbe habe ich nie wieder gehört.

Burg Elsenhardt

Endlich war ich mit der Schule fertig und es ging daran was ich für eine Ausbildung machen wollte. Tischler wollte ich gerne werden, mit Holz arbeiten, das könnte mir gefallen. Doch mein Stiefvater sagte, dass ich das mit meinen Zensuren auf dem Abschlusszeugnis vergessen könne. Er könnte mir über seinen Betrieb eine Lehrstelle als Maurer verschaffen. Das wäre kein schlechter Beruf und man kann, wenn man fleißig ist und auch noch nach der Arbeit privat schaffen geht bald zu etwas kommen. Wollte ich das? Ich ließ es einfach auf mich zukommen. Bald hatte ich meinen Lehrvertrag beim BMK Ost Brandenburg. Die Ausbildung aber sei in Belzig, heute Bad Belzig, weil man nach der Wende und Wiedervereinigung fast direkt unter meinem alten Lehrbetrieb Thermalquellen entdeckt hatte. Und so ist heute von meinem ehemaligen Betrieb nichts mehr zu sehen. Dort steht jetzt ein Freizeit- und Erholungsbad, mit Saunalandschaft, Solebecken mit Licht und Klangraum, alles schön.

1986 sah es dort noch ganz anders aus. Belzig lag viel zu weit von Trechwitz entfernt, als dass man dort täglich pendeln wollte. So konnte ich in ein Lehrlingswohnheim und Internat einziehen. Das alte große Haus teilten sich wir Lehrlinge und Studenten. Geführt wurde das Haus von einem netten älteren Ehepaar und es lief dort alles ruhig und harmonisch. Meine Mitlehrlinge teilten sich zwei Räume, ein Vierbettzimmer und ein Einzelzimmer gleich vornan. Einzelzimmer klingt erst einmal großartig, aber alle aus dem Vierbettzimmer mussten immer durch dieses Zimmer rein und raus.

Ich war weg von Zuhause, frei mit neuen Kumpels, die alle in Ordnung waren und man unternahm vieles miteinander. Es war eine Zeit ganz ohne Eltern, der erste Kuss, die erste große Liebe. Es gäbe so viel zu erzählen, aber der Liebe widme ich noch ein sehr ausgiebiges Kapitel, später, wann weiß ich noch nicht, aber es kommt. Berufsschule hatten wir immer montags und dienstags auf der Burg Eisenhardt, ganz am anderen Ende der Stadt. Doch alles war wieder zu Fuß zu erreichen. Zwischen dem Internat und der Schule lagen also die anderen Schulen der Stadt, die Einkaufsstraße, Cafés, Eisdiele, Kneipen und Restaurants. Man bekam schon im ersten Lehrjahr etwa 150 Mark im Monat im Zweiten schon das Doppelte. Das war viel Geld, denn Unterkunft und Malzeiten im Internat und Betrieb waren kostenlos. Ein Bier kostete in der ganzen DDR 51 Pfennige und ein gutes Essen im Restaurant nicht mehr als 5 bis 6 Mark. Wir lebten also wieder in einem neuen Bullerbü, wenn nur die drei Tage arbeiten auf dem Bau nicht wären. Aber das fiel gar nicht so ins Gewicht, wir lernten ja vieles und der kleine, dicke Lehrmeister war auch ganz in Ordnung und auch mal lustig. Die Berufsschule auf der Burg Eisenhardt war auch nicht schwer und ich hatte gute Noten und wenn die Schule aus war, dann hatte man den Tag für was auch immer man wollte, essen gehen im Restaurant „Burg Eisenhardt" wo es immer sehr leckeren Gulasch mit Salzkartoffeln und Rotkohl gab, oder nobler im Fläminggarten Steak mit Würzfleisch überbacken und Pommes mit Salatbeilage und Abends dort in die Nachtbar und Cocktails schlürfen. In die Birke, oder in die Weintraube zum Besaufen mit billigem Bier und Likör? Oder zu Benke Currywurst mit Bratkartoffel futtern. Oder ins Stadt Café Kännchen Kaffee, Torte, oder Eis essen? Oder ganz bescheiden eine Flasche Weißwein, Konsumbrötchen für fünf Pfennig und eine Büchse Schmalzfleisch aus der Kaufhalle und draußen in die Sonne gesetzt auf der Fensterbank der Kaufhalle gegessen mit dem Taschenmesser als Besteck. Alles war möglich, alles war schön und wir haben das alles genossen. Hurra, dem Leben, es war die schönste Zeit, wir waren Helden einer Zeit.

Der Antiheld

Jede schöne Zeit geht einmal zu Ende, darum kann das Leben, wenn man Glück hat immer nur durchwachsen sein, wie ein Stück Bauchspeck vielleicht. Als ich mit der Lehre fertig war da trennten sich die meisten Wege. Einzig Torsten aus Brandenburg der mein Freund war hatte den Kontakt zum WBK dem Wohnungsbaukombinat, weil sein Vater dort arbeitete. Wir fingen dort gemeinsam an auf Montage zu gehen und Schulen in Betonplattenbau zu errichten. 12 Stunden Schichten Tag und Nacht und immer unterwegs in verschiedenen Städten bis wieder eine Schule fertig war. Die Arbeit war nicht hart eher langweilig, weil immer dasselbe. Deshalb wechselte man gelegentlich die einzelnen Gewerke, so konnte man bald alles. Nur der Kranführer und der Schweißer waren Spezialisten, die immer nur das eine machten Teile heranheben und Teile verschweißen. Oft fehlten Teile zum Weiterbauen und man musste tagelang in einem stickigen Bauwagen ausharren, bis es weiter ging. Man holte oft Bier und Schnaps und ich gewöhnte mich daran Pfefferminzlikör zu trinken. Gott sei Dank war diese Zeit nicht all zu lang. Einen Herbst, einen Winter und ein Frühjahr. Dann wurde ich mit 18 Jahren einberufen meinen Wehrdienst in der NVA der Nationalen Volksarmee zu leisten. Ein neues Abenteuer begann 1988.

Die Grundausbildung war in Bernau, einer Stadt nördlich von Berlin. Man bekam einen Haarschnitt und einen großen, grünen Sack. Dann bekam man wie am Fließband den Inhalt des Sackes, der von nun an alle Habe eines Menschen füllen sollte. Stiefel, zwei Paar lange weiße Unterwäsche aus Baumwolle, eine Gefechtsuniform, eine Ausgehuniform, ein Marschgepäck, Mütze, Käppi und Stahlhelm und eine Gasmaske. Das alles schleppte man dann in die Unterkunft und musste alles akkurat und überordentlich geregelt in seinen Spind einordnen. Das wurde dann umgehend kontrolliert und war es nicht schön genug musste man alles auf den Boden werfen und von vorne anfangen, so lange bis alles schön und ordentlich aussah. Dann bekam man seine Waffe, eine Kalaschnikow kurz AK 47 mit einem dazugehörigen Bajonett. Jede Waffe hatte eine vierstellige Nummer eingraviert und wurde mit seinem Träger personifiziert. Meine Waffe hatte die Nummer 4417. Gelagert wurden die Waffen in der vergitterten Waffenkammer. Man bekam sie nur zum Zerlegen und Putzen üben, sowie auf dem Schießplatz und zum Manöver.

Aber die ersten Wochen musste man marschieren üben für die große Vereidigung die pompös in der Innenstadt von Bernau aufgeführt wurde mit dem Höhepunkt den Schwur abzulegen dem Vaterlande im Kampfe zu dienen, wenn es denn erforderlich sein würde. Es gab nur zwei Wörter für alle: „Ich schwöre!" dann war alles erledigt und die Grundausbildung abgeschlossen. Aber vorher musste ich ja erst einmal zum Antihelden gekürt werden. Und das begann so: Teil der Grundausbildung war ein Manöver über einen Tag und eine Nacht. Wahrscheinlich diente es dazu heraus zu finden, was man denn für ein Soldat werden kann, wo man später hingeschickt und eingesetzt wird. Aber das ist nur eine Vermutung. Als der Tag des Manövers anbrach befahl man uns das Marschgepäck anzulegen und man gab uns unsere Waffen, aber nicht das Bajonett, weil man sich damit leicht hätte verletzen können, oder einer den anderen, man weiß ja nie, wozu jemand fähig war. Jeder bekam aber 5 Platzpatronen zur freien Verfügung, man könnte auch Spaß sagen. Die füllte man in sein Magazin. Und dann ging es auch schon los. Man teilte die Kompanie in zwei Gruppen, die am Ziel zwei gegnerische Lager bilden sollten in der Nacht. Dann begann der Spaß mit einem langen Marsch in den Wald mit vollem Gepäck. Gott sei Dank war es schönes Sommerwetter an diesem Tag. Als erstes ließ man sich einfallen „Gas!" zu schreien und so taumelten bald alle mit angelegter Gasmaske zwischen den Bäumen umher. Die Masken hatten nur zwei runde Sichtfenster und die Sicht war damit um einiges eingeschränkt, doch es ging. Richtig gut atmen war damit schon schwerer. Das alles war aber auszuhalten und ich habe vergessen welche Übungen wir noch durchmachen mussten. Es kam die Nacht! Die Nacht des Antihelden.

Wir kamen an unserem Nachtlager an und man richtete sich ein. Ich sah ein Lagerfeuer wo sich die Anzahl der Leute verdichtete. Ich blieb dem lieber fern. Dennoch wurde ich eingeteilt zwei Stunden im Graben wache zu halten. Es hieß das die vom gegnerischen Lager, in das Unsere eindringen könnten, was die aber anrichten sollten das wurde nicht erwähnt. Erschießen mit Platzpatronen konnten sie niemanden und die spitzen Bajonette hatte man ja einbehalten. Also abgestochen konnte auch keiner werden. Der Vorgesetzte sagte also zu mir das ich die zwei Stunden wachen solle und dann könne ich mir eine Kuhle suchen, oder Graben und versuchen darin zu schlafen. Also hielt ich in den zwei Stunden Wache und überlegte mir, was ich tun könnte, wenn Feinde aus dem anderen Lager an mir vorbei wollten. Wenn ich welche finge, wäre ich dann ein Held? Wollte ich ein Held sein, wäre das angemessen? Wozu? Die zwei Stunden vergingen recht schnell und ich kroch aus dem Graben. Ich sah das Lagerfeuer im Wald und dachte mir; da will ich nicht sein, ich will meine Ruhe, dahin gehöre ich einfach nicht zu denen. Ich fand eine Mulde, die mit Gras bewachsen war und legte mich hinein, um zu schlafen unter dem Nachthimmel. Aber es gelang mir nicht zu schlafen. Könnte ich nicht doch ein Held sein? Ein unruhiges Fieber ergriff mich und ich wusste nicht, woher das kam. Und ich beschloss, weil ich eh nicht schlafen konnte wieder in den Graben zu klettern und weiterhin wache zu halten.

Es dauerte nicht lange und ich hörte Stimmen und Trittgeräusche aus Richtung des gegnerischen Lagers herannahen. Ich war aufgeregt, was würde ich tun, was sollte ich tun? Da standen plötzlich vier Gestalten vor mir und wenn ich still wäre, dann würden sie einfach weiter gehen und mich nicht einmal bemerken. Doch das Heldenfieber hatte mich gepackt und ich gab mich zu erkennen. „Halt, wer da!?" Sagte ich und „Ihr seid festgenommen, kommt aus dem anderen Lager." Ich erhob meine Waffe gegen sie und sagte: „Gehorcht, oder ich schieße! Das fanden die eher amüsant und einer hielt mir seine Waffe vor das Gesicht und drückte ab. Fünf Schüsse Dauerfeuer erwärmten meine Gesichtshaut. Dann sagten sie: „Gib uns dein Gewehr, was willst du machen? Wir wollen nur dein Gewehr und wenn du es uns ohne Widerstand übergibst dann tun wir dir auch nichts. Ansonsten können wir für nichts garantieren. Da packte einer auch schon mein Gewehr am Lauf und zog es mir samt dem Riemen von der Schulter. Sie lachten, geht doch! Und sie verschwanden wieder in der Dunkelheit.

Ich schämte mich des Überfalls, aber es war geschehen. Was sollte ich tun? Ich musste das melden. Ich musste dahin wo das Lagerfeuer brannte und die Vorgesetzten saßen. Ich ging also dahin und erzählte was geschehen war. Sie sagten mit verächtlicher Stimme ich sollte mich irgendwo hinlegen und schlafen. Ich fand meine Mulde wieder und schlief bald ein. Am nächsten Morgen war Abmarsch zurück in die Kaserne. Ich hatte weniger zu tragen, fühlte eine regelrechte Leichtigkeit im Gang durch die Morgensonne, denn ich war der Einzige ohne Gewehr. Es gab dann einen Apell woran die ganze Kompanie teilnahm unter dem Fahnenmast standen alle in Reih und Glied und ich mittendrin. Ein Offizier redete über das Manöver und dann war es soweit für den Antihelden. Der Offizier ließ mich mit meinem Namen vortreten und sprach von meiner Schande, dass ich mir habe das Gewehr abnehmen lassen und das dieses für mein Lager schändlich wäre. Es war still um mich herum, alle sahen mich an und ich dachte mir; schade, dass ich meine fünf Schuss nicht verballern konnte. Mir war klar geworden, dass ich niemals ein Held sein werde, nein im Gegenteil ich bekam dort als Einziger meine persönliche Auszeichnung, ich war der geborene Antiheld.

Meine Wende

Eigentlich war mir das genug Armee und ich habe keine Lust weiter darüber zu schreiben, aber es kam das Jahr 1989 und jeder hat dazu seine eigene Geschichte des Mauerfalls wie und wo er das erlebte und für viele scheint das von besonderem Interesse zu sein, also muss ich die Geschichte hier noch weiter erzählen, ob ich Lust habe oder nicht.

Nachdem ich also der Antiheld war konnte ich kaum erwarten nach der Grundausbildung und Vereidigung das ich einen Heldenhaften Posten bekomme, an der Grenze, oder wer weiß wo. Man schickte mich zu den Baupionieren nach Berlin Friedrichsfelde Ost, dort war nun mein neues Zuhause eine Holzbarackenkaserne mit einem Stockwerk. Im Erdgeschoss befand sich die Waffenkammer hinter Gittern. Und darin stand auch mein Gewehr mit der Nummer 4417 ich hatte es wiederbekommen und durfte es gelegentlich putzen. Aber die Zeiten änderten sich und das Ritual der Waffenreinigung wurde immer seltener und die Waffenkammer geriet immer mehr in Vergessenheit. Jeden Morgen mussten wir auf LKW-Pritschen aufsitzen und wurden nach Köpenick gefahren. Wir bauten an einem geheimen Gebäude, jeder musste eine strenge Schweigepflichtserklärung unterschreiben. Wir mussten erklären das wir über das was wir taten mit niemandem sprechen dürfen, auch nicht zu Hause mit den Angehörigen. Na gut, aber heute wird das wohl nicht mehr gelten, also kann ich es erzählen. Nur weil ich es interessant finde, welche Ideen dieses Land hatte und welchen Aufwand es betrieb aus reiner Paranoia vor irgendeinem

Feind. Wir bauten eine dreistöckige Bunkeranlage. Also nicht in die Erde hinein, sondern überirdisch. Von außen sah das Gebäude wie ein üblicher Plattenbau aus Beton aus, wie ein Büro, oder Wohngebäude. Aber das war nur die Tarnung, die äußere Hülle. Man konnte von innen um das ganze Gebäude herumlaufen und aus den Fenstern schauen. Im Nachbargebäude sah man Räume, in denen etliche Bildschirme flackerten, da wurde wohl irgendwas überwacht. Nach innen hin war das Gebäude, an dem wir arbeiten mussten aus meterdickem Beton gegossen. Um ins Innere des Bunkers zu gelangen musste man drei Stahltüren mit großen Riegeln passieren, die etwa jedes Mal zwei Meter Abstand nach innen hatten. Überall waren Massen von Kabeln unter den herausnehmbaren Bodenplatten verlegt. Und im Zentrum war eine riesige Kartenwand, die man ineinander verschieben konnte. An der linken Seite des Gebäudes war ein Schacht der ganz von unten nach oben unter das Dach reichte, dort konnte man das Dach mechanisch öffnen und in dem Schacht war eine riesige Antenne aus Stahl die man durch das Dach ausfahren konnte. Ich glaube nicht das dieses Gebäude jemals fertig gestellt wurde, denn wie gesagt die Zeiten änderten sich auch für uns spürbar. Aber was genau geschah kam auch bei uns nicht an. Es war schon Herbst Oktober, November. Immer öfter mussten wir nachts raus die Fahrzeuge bewachen und in Bereitschaft sein. Wofür erfuhren wir nicht. Ich hatte nun einen internen, imaginären Zwischedienstgrad, das bedeutete gewisse Privilegien. Ich durfte im Fernsehraum an der Tür sitzen und aufpassen, wenn die EK die Entlassungskandidaten heimlich Westfernsehen guckten. Auch am 9. November hatte ich diesen Posten und ich sah über den Flur Oberst Eisenhardt heran schreiten. Ein Offizier wie man ihn sich auch in einem Kriegsfilm vorstellen könnte, aber er war immer eher ein ruhiger Mann und sagte wenig. Ich gab Bescheid und der Fernseher wurde umgestellt auf Ostfernsehen. Und tatsächlich kam er in den Fernsehraum und er sprach diese wenigen

Worte, bevor er wieder ging und still verschwand. Er sagte nur mit ruhiger Stimme: „So nun könnt ihr Westfernsehen sehen, ohne dass jemand an der Tür aufpassen muss. Ihr habt es so gewollt."

Wir hatten alle nur unseren Wehrdienstausweis, unsere Personalausweise, mit denen man aber nur nach Westberlin konnte, mussten wir einfordern das wir die zurückbekamen, schon jetzt, denn jeder wollte nun über die Grenze. Also mussten wir noch warten, bis die Ausweise da waren. Dann fuhr auch ich rüber auf den Kurfürstendamm. Ich holte mir die 100 DM Begrüßungsgeld ab und kaufte mir davon einen kleinen Fernseher. Mehr fiel mir nicht ein, ich wollte im Zimmer im Bett fernsehen und das alles weiterverfolgen. Bald wollte auch niemand mehr arbeiten, keiner sah mehr den Sinn in seinem Dienst. So kam es im Januar glaube ich zum Streik in Köpenick vor dem Tor der geheimen Anlage. Ich glaube nur einen Tag dauerte das und man sagte, dass wir alle nach Hause könnten. Und das kam dann auch so. Und nichts war mehr so wie es war. Meinen Betrieb gab es nicht mehr. Ich war arbeitslos und musste ein neu eingerichtetes Amt besuchen. Das Arbeitsamt. Man bot mir dort eine Umschulung zum Maler und Lackierer an. Noch eine Ausbildung zwei Jahre lang. Ich willigte ein und wurde nun Maler und Lackierer. Ich war mit 18 bei meinen Eltern ausgezogen zurück nach Lehnin in das Haus meiner Großeltern, die Wohnung oben stand ja leer. Ich machte meinen Auto Führerschein und kaufte mir einen Trabant. Alle wollten Westautos haben, mir war das egal. Ich wollte nur Auto fahren und einen Trabant bekam man fast geschenkt. Damit fuhr ich nun jeden Morgen in die Stadt nach Brandenburg zur Ausbildung. Auch die Zeit war nicht schlecht, ich hatte neue Freunde durch die Arbeit und wir hielten uns auch privat und fuhren zur Disco die überall neu eröffneten, oder in den Urlaub nach Thüringen, einfach so nur mit Schlafsack. Es begann eine neue Zeit.

Die wilden 90ziger

Schon ganz am Anfang der 90ziger als die Technowelle begann interessierte mich das sehr und ich hatte einen Kollegen Gunnar der damit mir auf einer Welle schwamm. Wir fuhren nach Berlin zur zweiten Love Parade und fanden das super. Wir träumten auch davon solche Musik zu machen, oder als DJs Schallplatten aufzulegen. Wir fuhren oft zu Techno Events in Berlin, aber in den berühmten Tresor ließ man uns nicht rein. Wir machten nur einen Versuch und wurden abgewiesen. 1992 endete die Ausbildung zum Maler und wir verloren uns langsam alle. Gunnar lernte eine schwedische Frau kennen und wanderte nach Schweden aus. Er besuchte mich nur noch einmal als er in Brandenburg zu Besuch war. Dann sah ich ihn nie wieder. Ich fing in Lehnin bei einer Malerfirma an zu arbeiten. Aber ich merkte schnell, dass ich mit den Kollegen nicht klarkam. Ich redete mit niemanden von meinem Kollegen. Ich fand keinen Zugang. Das was mich interessierte wollte keiner wissen. Ich träumte immer noch von der Musik, eigentlich wollte ich schon seit meiner Schulzeit und auch ersten Lehre DJ werden. Das war lange ein unerfüllter Traum und jetzt begann er sich zu verwirklichen. Nach 9 Monaten Probezeit in der Lehniner Malerfirma hatte man mich entlassen. Ein Trockenbauer sprach mich an, ob ich nicht bei ihm anfangen wolle. Weil ich dachte; man muss immer Arbeit haben versuchte ich es dort. Aber es war das gleiche Spiel, ich passte einfach nicht auf den Bau. Später versuchte ich es noch einmal in der Firma, wo mein Stiefvater und mein Bruder arbeiteten. Eine große Baufirma die guten Lohn bezahlte. Aber dort wurde ich schwer gemobbt das ich davon regelrecht krank wurde. Nach drei Monaten Probezeit überreichte man mir das Entlassungsschreiben.

Ich hatte längst damit angefangen mich als DJ zu betätigen. Ich betrieb damals als Hobby CB- Funk und lernte darüber Christian aus Götz kennen. Er ging noch zur Schule und war bei der freiwilligen

Feuerwehr. Beide hatten wir Interesse als DJ anzufangen. Ich träumte aber einen größeren Traum irgendwann Techno DJ zu werden und selbst Partys zu organisieren. Aber alles fing klein an. Christian erfuhr das jemand in Ziesar seine alten Disco Boxen günstig abgeben wollte. Also fuhren wir dahin und ich kaufte die doch sehr schäbigen Boxen, aber für den Anfang. Ich musste keine Miete an meine Großeltern zahlen, so konnte ich mir leichter etwas zusammensparen und ich tauschten meinen Trabant gegen einen gebrauchten, hässlich braunen VW Bulli. Ich bekam den günstig mit einem Motor, der es nicht mehr lange machte, er spuckte das Motoröl nur so aus dem Auspuff. Aber ein Cousin von mir hatte eine Auto Verwertung und Werkstatt. Er besorgte mir günstig einen guten Austausch Motor und baute den ein. Ich strich den Bus dann mit Feuerwehrrot an und freute mich das ich nun Bulli Fahrer war. CB- Funk kam auch noch hinein das ich mit Christian immer in Kontakt bleiben konnte. Der war fleißig und besorgte uns die ersten Auftritte auf Hochzeiten und Familienfeiern. Christian hatte noch einen älteren Bruder der auch Lust hatte und das Talent hatte die Leute über das Mikrofon anzuheizen. Das lag uns beiden nicht, aber zu dritt waren wir ein perfektes Team. Ich höre den Bruder heute noch ins Mikrofon schreien „Und feiern!" Das gefiel den Leuten und sie zahlten gut, wollten das wir Überstunden machen, weil angetrunkene feiernde Leute oft kein Ende finden wollen. Und so gab es auch noch extra Geld von dem einen oder anderen für ein Paar Lieder mehr.

Das verdiente Geld steckte ich in immer bessere Technik, eigene Technik, denn wir mussten immer Licht, Scheinwerfer und Nebelmaschine mieten. So lernte ich Burghardt kennen der eine Technik Vermietung hatte, einen Handel für Disco Technik und auch selbst DJ war. Eine Zeit lang machte ich mich später selbstständig und stieg bei ihm ein, aber letztlich war seine Zeit schon fast vorbei, denn die Konkurrenz in der Stadt wuchs stetig. CDs mussten auch immer neu gekauft werden, die Charts der 90ziger waren vielseitig, bunt und rasant. Und den Rest schluckte mein durstiger Bulli Boxer Motor. Reich wurden wir nicht, aber wir hatten eine wunderbar spaßige Zeit.

Unser Radius erweiterte sich stetig mit unserer Bekanntheit. Es waren nicht mehr ausschließlich sehr Schlager lastige Privatfeiern, die auch sehr anstrengend sein konnten. Nein mehr und mehr machten wir Partys für jüngeres Publikum auf Dorffesten die richtig spaß machten und die Mädchen uns anhimmelten. Burghard legte auch in den kommerziellen Discotheken in der Stadt und Umgebung auf und nahm mich öfter mit und ließ mich da auch mal an die Decks. Ich lernte viel über Stimmung und was geht wann und wie.

Doch richtige Techno Partys wie in Berlin waren hier noch vollkommen unbekannt. Ich beschäftigte mich also im Hintergrund mit meinem Traum eigene Techno Partys auch hier zu etablieren. Ich kaufte mir zwei gebrauchte professionelle Plattenspieler und fand heraus das es in Berlin einen Plattenladen gibt nur für Techno DJs der „Hard Wag" in Kreuzberg. Dort fuhr ich gelegentlich hin und verbrachte Stunden damit Platten zu hören und zu finden was mir gefiel. So wuchs meine Plattenkiste langsam und ich übte zu Hause fleißig die Musik ineinander zu mixen, was das DJ sein und die Kunst ja aus macht. 1994 war ich dann so weit, war es so weit. Über den CB- Funk habe ich auch seit einiger Zeit Sebastian kennen gelernt, er ging auch noch zur Schule in meine alte Schule in Lehnin. Er war auch bei der Freiwilligen Feuerwehr und sein Vater war dort der Chef. Wir quatschten am Funkgerät oft bis spät in die Nacht. Er wollte auch DJ werden. Ich hatte schon den Schulfunk in Götz ausgebaut in Christians Schule. Sie konnten da in den Schulpausen immer Musik auf dem Schulhof spielen, dafür installierte ich wetterfeste Lautsprecher und in einem Dachzimmer die Musikanlage, CD- Player und Mischpult mit Mikrofon, falls es etwas zu sagen gibt. Die schule bezahlte mich dafür, es war die Zeit, in der ich selbstständig war und als Händler zu Einkaufspreisen Technik bestellen konnte.

Das Gleiche wünschte sich Sebastian auch für seine Schule in Lehnin und er wollte dann der Pausen DJ sein. Ich sorgte dafür das die Schule es einrichtete und finanzierte und er fand seine Bestimmung. Heute arbeitet er in Potsdamer Arbeitsamt als Arbeitgebervermittler nach einem Soziologie Studium. Und noch heute legt er nebenbei Musik in Clubs auf, obwohl er auch schon seit ein paar Jahren Familienvater ist. Er war mir immer sehr dankbar, dass ich ihm so einen Lebensweg ermöglichte.

Aber zurück ins Jahr 1994. Ich vernachlässigte meine mobile Discotätigkeit mit Christian und seinem Bruder, ich verfolgte nun meinen Traum und heute schäme ich mich ein wenig das ich mich immer mehr daraus zog, aber alles hat seine Zeit und diese neigte sich dem Ende zu. Später sah ich wie Christian eine Ausbildung zum Elektriker machte, sich einen VW Bulli zulegte und weiter Familienfeiern und Hochzeiten bespielte. Also alles gut, jeder hat seinen Weg, auch wenn der gemeinsame Weg ein Ende findet. Der Übergang war aber nicht so hart und abrupt, wie es sich anhört, Christian war auch bei meiner ersten Technoparty mit Spaß dabei und filmte das Ganze. Aber alles der Reihe folge nach. Sebastian hatte einen Draht zum Lehniner Jugendclub und die vergaben Proberäume an Hobby Bands im Atomkeller unter der Schulkantine. Ein großer Raum ideal für eine Technoparty. Nur der Raum war dreckig und stand voller Gerümpel. Sebastian fragte nach, ob wir dort so eine Party veranstalten könnten und es wäre nur Recht, wenn der Jugendclub sich um die Getränke und den Eintritt kümmerten und so auch was verdienten. Sie waren einverstanden, aber um das Gerümpel und die Sauberkeit sollten wir uns selbst kümmern. So machten wir mit ein paar

Leuten eine Aufräumaktion und ich wischte den ganzen Saal ganz allein sauber. Aber es machte Spaß etwas zu machen, ein Ziel zu haben, einen Traum. Das Datum stand fest, wir machten Plakate und verteilten sie in den umliegenden Dörfern. Wir versuchten auch über Radio Fritz, die eine Techno Sendung hatten, verkünden zu lassen das es in Lehnin eine Techno Party geben wird. Ich weiß nicht, ob sie das machten. Aber es war voll an diesem Abend. Ich hatte eigene Technik Boxen und etwas Licht, aber so richtiges großartiges Zeug wie auf Berliner Partys hatte ich nicht und auch die hiesigen Verleiher kannten so etwas nicht. Ich wurde fündig bei Potsdam Musik, die hatten eine riesige Halle mit allem was das Herz begehrt. So auch synchron steuerbare Stroboskope. Die nahm ich mit und was ich sonst noch brauchte. Bezahlen konnte ich das von den Eintrittsgeldern, die mir gehörten, ich hoffte also, dass es voll sein würde.

Der Tag war da, es war ein langer Tag und eine lange Nacht. Wir bauten alles auf und ein, der Jugendclub hatte eine Bar gebaut und die Getränke darin gestapelt. Musik und Licht, alles funktionierte bestens. Und dann war es so weit, der Einlass begann. Mit der Zeit füllte sich der Bunker mehr und mehr. Am Ende zählte der Jugendklub Besucher nahe Tausend. Und alle hatten Spaß, die Musik gefiel und es ging bis in den frühen Morgen. Mein Traum hatte sich erfüllt und viele Hatten Spaß etwas auf die Beine zu stellen. 1995 im Sommer machten wir das noch einmal auf der Lehniner Freilichtbühne unter freiem Himmel. Mit großer Videowand und animierten Computergrafiken, tollem Licht und Sound. Das war auch ein Erfolg, aber der Traum hatte sich damit auch erschöpft. Es war schön und doch sehr anstrengend, so etwas auf die Beine zu stellen. Später wurde ich noch einmal eingeladen in der Brandenburger Stahlhalle aufzulegen mit anderen DJs und ich machte hier und da noch etwas wie im Musikzelt, oder gelegentlich in der Lounge von der Diskothek Manhattan, wenn im großen Floor Hiphop

Party lief. Mein Bulli gab langsam seinen Geist auf, er wurde aufgebrochen und das Funkgerät gestohlen. Alles Zeichen das diese großartige Zeit auch ihr Ende finden musste. Die wilden 90ziger hatten es auch mit mir gut gemeint.

GOTT

Ich war 27 Jahre alt, die schicksalhafte 27. Sebastian zog in die Stadt, er hatte dort eine Freundin gefunden und ich hatte kaum noch andere Freunde. Zudem erkrankte mein Großvater in einer Nacht wurde er abgeholt. Ich besuchte ihn am nächsten Tag im Krankenhaus. Er lag bewusstlos in einem Wirrwarr von Schläuchen und Geräten. Dann kam die Nachricht von seinem Tod. Ich wünschte ich hätte diese Erinnerung nicht von diesen Schläuchen und Geräten, sondern die wie er im Hof in der Sonne sitzt und döst und die Katze sich an seinem Holzbein aufstellt, um ihm näher zu sein. Er war schon lange nicht mehr der Opa meiner Kindheit auf den ich mit ausgebreiteten Armen zulief. Lange schon haben wir nicht viel miteinander geredet. Ich hatte ein Leben, das er nicht mehr verstand, ich erzählte ihm nicht viel davon, wenn wir uns am Tor zum Wald begegneten ich von irgendwo herkam. Es war kalt geworden zwischen uns, ich fragte ihn nicht einmal, wie es ihm geht. Jetzt bedauerte ich das sehr. Meine Großmutter besuchte ich später immer wieder mal und fragte, wie es ihr geht und erzählte ihr aus meinem Leben, bis sie dement war und im Heim, mich nicht mehr erkannte. Aber am Tod meines Großvaters war ich noch nicht so, ich dachte nicht an den Tod und dachte er wäre immer da. Irgendetwas geschah mit mir, ich wusste nur noch nicht was. Meine Tante Christine war gläubig und sie schenkte mir eine gebrauchte kleine Bibel. Sie sagte ich solle darin lesen. Ich hatte nichts vor, Großvater war gerade gestorben. Ich war genau in der Stimmung dafür und begann zu lesen von vorn nach hinten. Irgendwann dachte ich die Schrift sei zu klein, es strengte mich an zu lesen, obwohl ich das was ich las interessant fand und regelrecht verschlang. Ich bestellte mir bei Weltbild eine große Bibel mit Ledereinband und Kupferstich Illustrationen. Ich baute mir einen Altar aus Holzbrettern, kaufte mir im Kloster zwei große Altarkerzen, setzte mich hin und las. Ich vergaß zu essen und ernährte mich nur noch von dunklen Aufbackbrötchen und Salami. Ich wurde sehr schlank, wog gerade mal noch um die sechzig Kilo, aber ich wanderte ja, ich wanderte durch die Geschichte dieses Buches. Ich begann auch noch Sekundärschriften zu lesen die Apokryphen Schriften, aber auch nicht so gesunde Sachen wie über Magie und Wahrsager wie Nostradamus. Ich tauchte in eine Welt ein, die mir völlig unbekannt war, bisher. Vielleicht wurde ich krank davon. Vielleicht war es aber der Beginn eines neuen Weges. Gewiss war es das aus heutiger Sicht. Damals begann alles verrückt zu werden. Ich schloss die Bibel irgendwann kurz vor dem Winter. Sommer und Herbst waren vergangen, ohne dass ich davon wirklich Notiz nahm. Die Bibel endete mit der Offenbarung des Johannes und der Apokalypse, dem Untergang der Welt. Ich sah jetzt die Nachrichten im Fernsehen ganz anders und aufmerksam sah ich mir Sendungen an, Dokumentationen über Geschichte und Zeitgeschehen. All das hatte mich bisher nicht sehr interessiert. Ja Filme mochte ich immer schon, ich hatte die ganze Videothek gesehen, die es zu der Zeit noch gab, machte Raubkopien mit einem zweiten Videorecorder und sammelte die Filme auf VHS Kassette. Später sammelte ich DVDs. Ich war an vielem interessiert auch noch außerhalb der Musik. Aber jetzt geht es um diese Zeit des Erwachens vielleicht. Ich sah das die Welt untergeht und das bewegte mich so sehr, dass ich mit dem Auto, ich hatte einen Renault Twingo zu der Zeit mich nach Rom aufmachte, um den Papst zu sprechen, dass ich Dinge sehe. War ich verrückt geworden? Heute weiß ich das Wege nicht immer die Wege sind, die gleich einen Sinn ergeben müssen, oder dahin führen wo man denkt das sie hinführen, oder es sich so wünscht. So funktioniert das in der Regel nicht, aber das weiß ich heute. Damals war ich verrückt. Ich begann zu schreiben, per Hand in Großbuchstaben schrieb ich auf was ich sah und dachte, es war der Anfang von dem was ich heute tue. Der Weg aber so zu schreiben war sehr, sehr lang. Ich schrieb unendlich viel in den Jahren seit damals als ich 27 war und Gott in mein Leben trat.

„Alle Wege führen nach Rom"

Da war ich nun ein hagerer Asket geworden und machte mich, ohne jemanden Bescheid zu sagen auf nach Rom der Heiligen Stadt. Am ersten Tag fuhr ich bis nach Nürnberg, am Abend buchte ich mir ein Motel Zimmer an der Autobahn. Ich weiß gar nicht mehr, ob ich auf dieser Reise überhaupt etwas aß. Ich erinnere mich daran nicht. Am Morgen fuhr ich weiter. Die Landschaft war schön anzusehen, ich fuhr über den Brenner Pass nach Italien hinein. Ich sah Wegweiser nach Capri, bestimmt schön, aber ich muss nach Rom. Es war nicht mehr weit bis Rom, aber der Abend und die Nacht brachen schon herein. Ich war noch nie so weit von zu Hause Weg, und ich habe noch nie so einen schönen Sternenhimmel gesehen wie der in Italien. Ich kam der Heiligkeit immer näher. Spät am Abend fuhr ich in die Stadt Rom hinein. Ich fuhr am Kolosseum vorbei, das ich nur aus dem Fernsehen kannte. Ja ich war in Rom. Aber wohin jetzt. Ich wusste den Weg nicht, aber irgendwas führte mich genau dorthin, wo ich hinwollte, oder sollte. Ich war müde und parkte in einer kleinen Straße vor einer riesigen Kirche. Ich wollte mir noch ein wenig die Beine vertreten, bevor ich mich zum Schlafen ins Auto legen wollte. Es war noch sehr warm. In Deutschland waren es schon an die Null Grad gewesen, aber hier schätzte ich 18, oder sogar 20 Grad. Ich würde also nicht frieren in der Nacht.

Ich beschloss die hohe Treppe zu der Kirche empor zu steigen. Als ich oben war stand ich vor Türen, die wohl für Riesen gemacht worden waren. Wieso brauchen Menschen so gigantische Türen? Ich staunte über diese Architektur. Irgendwann beschloss ich wieder hinunter zu steigen und mir das Ganze im Tageslicht anzusehen. Aber meine Beine verkrampften als ich die Treppe hinunter gehen wollte. Es ging nur sehr schwer einen Fuß vor den anderen zu setzen. Auf halber Strecke sah ich einen Rabbi mit gelockten Kotletten durch die Dunkelheit schleichen. Er blieb vor einer Mauer stehen, brabbelte etwas und beugte sich schnell vor und zurück dabei. Irgendwann hörte er damit auf und verschwand zügig in der Dunkelheit. Hier bist du richtig, dachte ich, ein Verrückter unter Verrückten, aber es sollte alles noch toller werden. Erst einmal legte ich mich ins Auto und schlief bald ein.

Am nächsten Morgen schien die Sonne und um mich herum war ein morgendliches Treiben. Ich stieg aus dem Auto und sah mich um. Auf den Straßen war viel Verkehr, aber auch auf den Wegen lief es nicht anders. Da eilten Trauben von schwarz gekleideten Priestern vorbei, dann wieder Trauben von Nonnen des eiligen Schritts irgendwohin unterwegs waren. Ich dachte mir; tun die alle irgendwas Produktives, oder sind die wie ich und leben in Gott, mit Gott und durch Gott. Hauptsache sie waren mit all dem so beschäftigt, als dass es auch diese Eile erforderte. Faszinierend der Glaube. Aber es kam noch bunter, im Wahrsten Sinne. Erst einmal stieg ich die Treppen zu der Kirche empor, in meiner Hand das Bündel Schriften in Großbuchstaben, an dem ich mich so sehr abgearbeitet hatte. Die riesigen Türen waren nun weit geöffnet und ich ging hinein. Wie groß das alles war, wie hoch die auf Säulen getragene Decke dieser Kirche war. Und sie erstreckte sich sehr lang ins Innere. Am Ende war ein riesiger Altar und davor bewegten sich winzige Mönche in braunen Kutten hin und her. Ich ging ungefähr bis zur Mitte und setzte mich nach rechts in eine Bankreihe. Plötzlich ergriff mich ein ungeheurer

Weinkrampf, ich weinte lauthals ein Mönch sah mich und kam auf mich zu. Er blickte mich besorgt an und sagte etwas auf Italienisch. Ich hielt ihm mein Bündel Schriften hin und sagte weinend, ich müsse den Papst sprechen. Gleichzeitig spürte ich wie verrückt das alles war, ich war. Der Mönch hatte so etwas sicherlich schon öfter erlebt, ein Verrückter mit Schriften. Er drehte sich einfach um und ging wieder weg zurück in die Winzigkeit verlor er sich in dem riesigen Kirchenschiff.

Ich hatte mich ausgeweint und fühlte mich viel leichter. Ich beschloss hinaus zu gehen und mich etwas umzusehen, ob ich nicht doch noch den Weg zum Vatikan zum Papst finden werde. Erst einmal überquerte ich eine Straße, was gar nicht so leicht war. Es gab zwar Übergange mit Ampeln, aber irgendwie hielt sich nicht jeder Autofahrer daran. Es kam mir vor als wären die Verkehrsregeln eher ein Kann als ein Muss. Doch ich schaffte es auf die andere Straßenseite. Da sah ich wieder eine schöne Kirche, sie war viel kleiner als die in der ich gerade war, um zu weinen. Ich sah das die bunt gekleideten Menschen, Frauen und Männer hinein und hinaus strömten. Das machte mich neugierig und ich schloss mich dem Strom, der hineinführte, an. Drinnen war die Kirche voller Menschen. In meiner Welt waren die Kirchen immer leer und still, mit Ausnahme an Weihnachten Heilig Abend. Hier war es voll und bunt. Sie saßen in den Bänken mit verschränkten Händen betend, andere bekreuzigten sich mit wirrem Blick. Alles schien hier merkwürdig verklärt zu sein, als wäre es nicht wirklich real, aber es war real, nicht weil ich gerade da war, sondern das war hier Alltäglichkeit. In den Gängen standen die Menschen in einer Schlange an deren Ende es mehrere Beichtstühle gab, dort verteilten sich die Menschen und verschwanden darin, oder kamen heraus. Großartig dachte ich die können einfach zum Reden über ihre Gedanken, Taten, Ängste vielleicht diese Einrichtung besuchen und ich dachte mir das diese

Menschen sicherlich viel Bedürfnis danach hatten so hektisch ihr Leben schien. In meinem Land gab es dafür vielleicht nur eine Nervenklinik und damit hatte ich schon eine Erfahrung, aber das erzähle ich später.

Ich sah mir das Ganze eine Weile staunend an, bis ich genug hatte und ich ging wieder hinaus in die Morgensonne. Wie finde ich nun den Papst dachte ich und ich folgte meinen Füßen einfach, ohne einen Plan zu haben. Ich ging und stand auf einmal mitten auf einer großen, alten Brücke aus Stein. Ich blickte über die Brüstung hinab. Unten schlängelte sich ein Fluss. Das muss der Tiber sein, dachte ich, dann beginnt am Ende der Brücke die Vatikan Stadt und da wohnt der Papst. Sollte ich weiter gehen, lauschte ich in mich hinein? Nein, sagte etwas in mir mit warmer Stimme. Hier sollst du nicht weiter gehen. Kehre um und fahre wieder nach Hause. Okay dachte ich und ging zu meinem Auto. Ich stieg ein und fuhr wieder nach Hause. Es wurde Nacht und ich war längst wieder in Deutschland. Es schneite in dicken Flocken, die gegen meine Windschutzscheibe klatschten. Ich war todmüde und fuhr auf einen Autobahn Parkplatz. Nur ein wenig schlafen, dachte ich. Aber es war kalt, so dass ich den Motor laufen ließ und aus der Heizung wenigstens etwas warme Luft den Innenraum füllte. Ich hatte immer noch nichts gegessen seit Beginn der Reise, aber ich spürte keinen Hunger und schlief ein.

Lange schlief ich nicht, aber lange genug, um weiter zu fahren, es bis nach Hause zu schaffen. Endlich war ich zu Hause. Keiner hatte bemerkt das ich weg war drei Tage unterwegs. Ich sah als Erstes in den Spiegel über meinem Waschbecken und erschrak etwas. Das Weiße in meinen Augen war zum großen Teil blutunterlaufen. Da erst wurde mir klar, wie anstrengend und verrückt diese Reise eigentlich war. Und wozu das Ganze? Es war noch helllichter Tag und die Sonne schien winterlich, ich legte mich aber erschöpft in mein Bett und schlief erst einmal aus.

Exodus

Ich war allein, meine Freunde, es war eigentlich nur noch einer war längst in die Stadt gezogen. Wie sollte es nun weiter gehen? Mein Leben hatte weder Weg noch Ziel. Im Haus war nur noch meine Großmutter, die den ganzen Tag vor dem Fernseher saß und eigentlich sterben wollte, wie sie sagte. Meine Tante Christine kam täglich vorbei um sich um Großmutter zu kümmern, mit ihr konnte ich noch ein paar Worte wechseln, aber sie wollte meistens nur über Gott sprechen. Aber sprach Gott nicht längst mit mir? Warum sollte ich auf sie hören, sie hatte auch keine Antwort wie es nun mit mir weiter gehen sollte. Da sprach wieder diese Stimme in mir. Nicht mit der Wärme wie auf der Brücke in Rom. Eher wie die Stimme eines Vaters, verständnisvoll aber bestimmend. Sie sagte: Du hast gesehen was du alles schaffen kannst, du hattest den Mut und den Willen nach Rom zu fahren und mit dem Papst zu sprechen. Jetzt verlasse dein behütetes Heim, hier geht dein Weg nicht weiter. Ziehe in die Stadt und suche dir dort eine Wohnung und du wirst lange Zeit nicht viel reden können. Denn du wirst dich fürchten, weil die Menschen in dieser Stadt verstockte und versteinerte Herzen haben.

Nun ich wusste das ich mein Auto abgeben musste, mein Leasing Vertrag war nach drei Jahren abgelaufen. Ich suchte mir in der Stadt eine Wohnung, mitten im Zentrum in der Steinstraße. Wie passend dachte ich. Ich erinnere mich nicht mehr wie ich meine wenigen Möbel, ein paar Schränke, eine Couch und zwei Sessel, Computer und Musikanlage von Lehnin nach Brandenburg bekam. Ich hatte immer den Verdacht, dass wenn etwas besonders schwer war Gott mich da durch zauberte und das Schwere aus meinen Erinnerungen gelöscht wurde, oder hatte es nie stattgefunden und es gab so eine Art Realitätssprung. Ich weiß es nicht, aber ich dachte viel über solche Dinge nach.

Zu viel, denn ich traf meinen Freund Sebastian wieder, der mit seiner Freundin ganz in der Nähe wohnte. Er sah, wie schlecht es mir ging. Ich hatte Paranoia die Menschen würden über mich reden, wenn sie auf der Straße an mir vorbei gingen, sie würden sehen das ich mich fürchte. Es war Silvester und ich wagte mich auf die Straße hinaus. Da waren finstere Männer unterwegs liefen an mir vorbei und schossen mit Schreckschuss Pistolen um sich. Ich fühlte mich als wäre ich in der Hölle gelandet. Sebastian sagte seine Tante Regina wäre Psychologin und hätte in der Nähe eine Praxis, sie sei sehr gut und nett. Vielleicht sollte ich da mal hin gehen. Das tat ich dann auch. Sie war sehr nett und sie sagte, dass sie mich gerne hypnotisieren wolle. Ich dachte, sowas geht mit mir bestimmt nicht! Doch dann wurde ich wach und sie sagte, alles schon vorbei und sie empfehle mir dringend in die Psychiatrische Klinik zu gehen. Okay dachte ich, ich halte es ja draußen kaum mehr aus, vielleicht ist das ja eine gute Idee. Und meine Wohnung war zu dem Zeitpunkt auch nur ein hässliches Loch. Ich hatte zwar endlich eine eigene Badewanne und einen Gasherd zum Kochen, aber Ofenheizung. Das war in Lehnin auch so Ofenheizung am Anfang, aber meine Großeltern hatten doch schon eine Zentralheizung einbauen lassen. Aber ich hatte dort nur eine Kochplatte und zum Baden musste ich immer hinunter in das Bad meiner Großeltern. Wieder einen Ofen zu heizen fand ich gar nicht so schlecht, es war eine schöne Beschäftigung Feuer zu machen. Aber über mir wohnte ein Säufer und es stank oft von Oben im Treppenhaus. Der Innenhof, an der meine Wohnung lag war feucht und modrig. Mitten auf dem Hof stand ein großer Baum, von dem ich noch nicht wusste, was es für ein Baum war. Es war Winter und seine Äste waren kahl. Im Vorderhaus wohnte eine für mich eher schmutzige Familie, einem kleinen Mädchen mit zausigen, blonden Haaren und mit zwei riesigen Hunden. Die wühlten und scharrten täglich den ohnehin schon vermoderten Hof Boden um. Ich hatte Angst vor den Hunden und mochte Hunde im

Allgemeinen nicht, ich liebte Katzen über alles, aber Hunde waren für mich nur dreckig und abstoßend. So ist das nun mal und es wird sich auch niemals ändern. So verließ ich mein Loch und ging in die Klinik.

Haus 8

Es war der Jahresbeginn 1999. Haus 8 beherbergte die Angststation und die leitende Ärztin war Frau Dr. Schmidt, eine etwas stabile Frau mit Glatten, blonden, halslangen Haaren, etwa um die sechzig schon. Sie hatte eine sehr forsche Art den Patienten zu begegnen, was ich aber eher angenehm und sehr lebendig empfand. Sie diagnostizierte mir eine soziale Phobie und eine schizoide Persönlichkeitsstörung. Sie schickte mich zu einem anderen Arzt in einem anderen Haus, der sollte mit mir einen Intelligenztest machen. Als Erstes sollte ich aus mehreren Würfeln, die in der Diagonalen zweifarbig waren, weiß und rot einen Stern legen, wie auf der Karte abgebildet, die er mir hinlegte. Ich fing in der Mitte an und schon war der Stern fertig. Er stoppte die Zeit und staunte. Er meinte das es nicht üblich war das jemand mit der Mitte beginnt, bisher begannen alle seine Probanden an einer Seite. Ich sagte, es war für mich so leichter. Dann bemängelte er noch, dass ich den Stern auf den Kopf gestellt hatte. Darauf sagte ich, dass ich es so machte das der Stern aus seiner Sicht, er saß mir gegenüber richtig ist. Sonst hätte ich ihn im Ganzen am Ende um 180 Grad drehen müssen.

Dann ließ er mich noch einen langen Fragebogen ausfüllen, mit Aufgaben und Wörtern und ich sollte entscheiden, ob es diese Wörter wirklich gibt. Ich hatte Spaß und war schnell fertig. Er schaute kurz drüber und sagte das war es wir sind fertig. Ich stand auf und ging zur Tür, da sagte er: Eine Frage habe ich noch, können sie mir den Zusammenhang von Zellulose und Alkohol benennen. Das war wie in der Schule, aufstehen und die Frage des Lehrers beantworten. Ich spürte meine alte Hemmung und sagte schnell: „Weiß ich nicht!" Na gut, sagte er dann können sie gehen. Auf dem Weg in mein Haus 8 ärgerte ich mich. Das war doch eine einfache Frage. Man kann Zellulose mit Hefe in Zucker umwandeln und dann zu Alkohol vergären. So ein Mist, jetzt schätzt er mich dümmer als ich bin.

Nicht lang und ich wurde zu Frau Dr. Schmidt gerufen Einzelgespräch. Sie blickte mich lachend und etwas unverständlich an. Sie sagte, der Intelligenztest sage aus das ich einen IQ von 112 hätte und das läge ziemlich weit über dem Durchschnitt, der etwa bei 85 läge. Was denn mit mir nicht stimme meinte sie, ich könne damit doch so gut wie alles erreichen. Sie fragte mich, wenn ich ein Tier sein könnte, welches wäre das? Ein Schwan sagte ich, ohne zu überlegen. Und welches Tier wäre ich jetzt? Mit trauriger Stimme sagte ich leise: „Eine Schildkröte." Da lachte sie laut und sagte: Na da haben sie ja noch einen weiten Weg vor sich!

Sie meinte ich müsse in das Haus 1 dort befindet sich die Psychotherapie, und man arbeite dort tiefenpsychologisch. Jedoch gäbe es zurzeit keinen Platz für mich, erst im Oktober könnte ich dort anfangen. Es war gerade einmal Frühling geworden. Sie bot mir an so lange im Haus 8 zu bleiben. Aber da meldete sich meine soziale Phobie bald. Sie machten dort immer Spiele in der Runde. Da gab es ein Spiel, das nannte sich Koffer packen. Jeder sollte sich vorstellen er packe einen Koffer und jeder sollte einen neuen Gegenstand hineinlegen, aber zuvor aufzählen was der Vorhergehende für einen Gegenstand hineingelegt hat. Ich dachte mir, bis ich an der Reihe bin sind es so viele Gegenstände die kann ich mir nicht merken, ich werde einen Fehler machen.

Das machte mich wütend und als ich dann dran war sagte ich: Da mache ich nicht mit, das ist mir zu blöd, solche Kinderspiele müsse ich nicht mitmachen. Die Pfleger sagten, weil ich hier bin müsse ich mich auch an die Regeln und Aufgaben halten und wenigstens versuchen mitzumachen. Ich war wütend und sagte, dass ich das nicht tue, eher geh ich lieber nach Hause und warte dort bis Oktober, das im Haus 1 ein Platz für mich wäre. Die Ärztin sagte, gut wenn sie das so wünschen, sie sind ja freiwillig hier und können jederzeit gehen. Dann gehen sie. Und ich ging.

Ich hielt es aber keinen Tag zu Hause aus, ich war wieder ganz allein in meinem Loch. Ich ließ mich wieder einliefern und kam in Haus 3 Langzeittherapie. Dort blieb ich den ganzen Sommer und hatte nichts zu tun. Schlafen, essen, rumsitzen im Garten meist, denn es war ja Sommer, da war es draußen doch am schönsten. Einmal wurde eine Schwester böse auf mich die das Essen austeilte. Sie meinte ich wäre faul und würde nie den Tisch abwischen. Entschuldigung, sagte ich das ist mir nicht aufgefallen. Ich werde von nun an immer den Tisch nach dem Essen abwischen, das mache ich gern es gibt ja sonst nichts zu tun. Von da an lächelte sie mich immer an, das war das Highlight meiner Zeit dort.

Bücher

Die Klinik hatte eine große gutbestückte Bibliothek, dort gab es wirklich alles. Ich redete immer noch nicht mit den Menschen ganz wie die Vaterstimme mir verheißen hatte. Aber ich begann mir Bücher auszuleihen. Platon „Der Staat" wollte ich immer schon einmal lesen, Nietzsche, Kant war mir zu schwer, ich las nur das halbe Buch „Kritik der reinen Vernunft" und ich dachte es genüge zu wissen was der kategorische Imperativ sei und das er das von Jesus geklaut hatte, denn der sagte in der Bibel etwas sehr ähnliches erinnerte ich mich. Albert Einstein und Steven Hawkings „Eine kurze Geschichte der Zeit". Ich las auch Bücher über Geschichte, das alte Ägypten, die Sumerer die Erfindung der Schrift, auch Bildbände über Architektur und

Kunstepochen gab es dort reichlich, ich war wieder dabei meine Denkmaschine zu füttern. Frau Dr. Schmidt erzählte ich auch, dass ich früher die Bibel las und andere spirituelle Sachen. Sie meinte das ich damit aufhören sollte, das wäre nicht gut für mich und würde mich nur noch mehr verwirren. Ich hörte nicht auf sie und ließ mich weiter verwirren. Irgendwann werde ich eine Ordnung finden, irgendwie.

Entführt

Dann war es endlich so weit, im Oktober konnte ich ins Haus 1 einziehen. Endlich fast normale Menschen, selbstständige Tischdecken und Essen anrichten, wie in einer großen Familie. Alle mochten mich gerne, obwohl ich kaum etwas sagte war ich doch ein recht freundlicher Mensch. Mein Arzt war nun ein Mann Dr. Lohmann ein Typ, der aussah wie eine Mischung aus Albert Einstein und Klaus Kinski. Sein Haupthaar stand in allen Richtungen ab, Einstein nannte seine Haarpracht eine genetische Anomalie, die nicht kämmbar sei. Und sein Blick war so starr und durchdringlich wie Klaus Kinski in seinen Edgar Wallas Filmen. In seinem Auto, das vor dem Haus geparkt war, lagen Musik Kassetten. Darunter Gustav Mahlers „Kindertotenlieder". Ja er war der Richtige für meine tiefenpsychologische Geschichte dachte ich.

Ich erzählte ihm im Einzelgespräch, das ich im Alter von etwa einem Jahr von meinem leiblichen Vater entführt wurde und er mit mir ungefähr zwei Wochen auf der Flucht war, bevor die Polizei ihn aufgriff und mich in einem sehr verwahrlosten Zustand wiederfand. Meine Mutter fand erst spät heraus, nach der Hochzeit und der Schwangerschaft, dass mein Vater gewalttätig war und anfing sie zu schlagen. Und als ich dann auf der Welt war und natürlich schrie, warf er mit seinen Pantoffeln nach mir und verlangte das meine Mutter für Ruhe sorge, sonst würde er dafür sorgen das ich in ein Kinderheim komme. Irgendwann war das meiner Mutter zu viel und sie verlangte die Scheidung und so kam es auch sie wurden auf Grund der Umstände schnell geschieden. Aber mein Vater war beleidigt und gekränkt darüber und tauchte eines Tages mit einem Arbeitskollegen auf. Ihm hatte er erzählt das er sein Kind retten wollte, denn es solle unter unmöglichen Zuständen leben. Der glaubte das was mein Vater sagte und deshalb machte er mit. So drang er in das Haus meiner Großeltern und Mutter ein. Mein Großvater wollte sich trotz seiner Behinderung in den Weg stellen, aber mein Vater drängte ihn einfach zur Seite und eilte die Treppe hinauf, wo ich in meinem Kinderbett lag. Alle waren wie versteinert der Situation und konnten nur zusehen aber kaum reagieren. Er nahm mich aus meinem Bettchen und wollte mich vor sich haltend die Treppe wieder hinunter. Da aber stellte sich meine Mutter geistesgegenwärtig in den Weg. Er kehrte sich mit mir um und ging zum Fenster und öffnete es. Er rief nach seinem Kumpel, der unten wartete und wollte mich hinunterwerfen und der Freund sollte mich auffangen. Der aber fand das keine gute Idee und weigerte sich. Meine Mutter hatte Angst das er mich einfach aus dem Fenster werfen würde und machte ihm den Weg frei. So stürzte er mit mir auf und davon. Vor dem Gericht musste er aussagen, was in der Zeit wo er mit mir auf der Flucht war alles geschehen ist. Das Gericht war der Meinung, dass es für meine Mutter besser wäre für die Zeit der Aussage meines Vaters den Saal zu verlassen, weil sie die Ausführungen vielleicht nicht verkraften könnte. Sie folgte dem Rat und so blieb das Geschehen über diese Wochen im Dunkeln.

Dr. Lohmann war sehr angetan von der Geschichte und lud auch meine Mutter zum Gespräch in die Klinik. Er beauftragte sie bei Gericht zu recherchieren, ob die Fallakten noch irgendwo archiviert wären und ob man noch an sie herankommen könne. Meine Mutter tat ihr Bestes, aber man sagte ihr das diese Akten nicht mehr auffindbar wären.

Meine Mutter sagte das ich nach der Entführung nicht mehr derselbe war wie davor. Ich war sehr schreckhaft, und still, ich hatte einen ängstlichen Blick bekommen und man durfte sich mir nur sehr langsam nähern und daran gewöhnen, dass jetzt jemand da war der sich kümmern wollte. Nun hatte ich die Erklärung für mein anders sein, für meinen speziellen „Autismus".

Das machte sich auch in der weiteren Therapie bemerkbar. Es gab zwei Gruppentherapien. Eine große Gruppe die im Gruppenraum stattfand. Dort wurde alles aufgezeichnet und die Patienten hatten Gelegenheit sich die Sitzung später noch einmal in Ruhe anzusehen. Diese Gruppe bestand aus Menschen, die sowieso viel redeten und vielleicht oft gar nicht merkten wie und was sie so sagten. Und es gab die andere, kleinere Gruppe eher stiller Menschen und dazu gehörte auch ich. Diese Gruppe traf sich immer in einer kleinen Kammer unter dem Dach in einem kleinen Stuhlkreis mit einem Psychologen dabei.

In der Gruppe passierte eigentlich nichts, Woche um Woche saßen alle nur still da vom Anfang bis zum Ende der Stunde nichts als Schweigen. Auch die Psychologin sagte nichts. Ich empfand diese Ruhe als eher angenehm, denn draußen quatschten alle sowieso die ganze Zeit, nur ich nicht. Ich hörte lieber zu. Und weil ich lieber zuhörte wusste ich einiges über meine stillen Mitpatienten. Und nun in der Stille kam ich auf die Idee, dass dies ja eine Chance ist, eine Chance etwas für sich zu tun und niemand hier schien in der Lage zu sein damit anzufangen, diese Chance zu ergreifen. Also ergriff ich sie und begann zu sprechen, die Psychologin mit sichtlich verwundertem Blick. Ich redete über mich, meine Ängste, meine Unfähigkeit an der Leichtigkeit des Lebens teilzunehmen immer der Stille zu sein. Ich sagte das ich schon innerlich Anteil nahm an den Schwierigkeiten, die die anderen hatten. Und so begann ich auf die anderen einzugehen Lösungen vorzuschlagen, meine Sicht auf ihre Probleme zu äußern, was man vielleicht tun könnte. Und nach und nach wurden die Sitzungen immer dynamischer, am Ende waren alle beteiligt und redeten. Die Stimmung wurde immer besser, ohne dass die Psychologin da hatte eingreifen müssen. Ich mochte die Gruppentherapie Stunde immer mehr, denn außerhalb blieb ich der Alte, der stille, lächelnde Zuhörer. Die Psychologin nahm mich am Ende zu einem Einzelgespräch und gab ihrem Erstaunen über mich ihren Ausdruck. Sie empfahl mir eine Psychoanalyse über mehrere Jahre im Berlin, denn nur dort gäbe es gute Therapeuten. Ich sagte ich würde es mir überlegen. Dann war die Zeit meiner Entlassung gekommen. Es war wieder ein Jahr vergangen und wir hatten das Jahr 2000. Zum Abschied versammelte sich meine stille Therapiegruppe im Essenraum und sie baten mich zu sich. Sie stellten sich vor mir auf und einer überreichte mir einen schmalen Karton mit einem schönen Metallkugelschreiber darin. Und alle bedankten sich für meine Hilfe in der Gruppe und sie umarmten mich alle zum Abschied. Das war das erste Mal in meinem Leben, das ich solche Achtung erfuhr.

Ausgemustert

Nach dieser langen Zeit in der Klinik fragte sich das Arbeitsamt, ob ich denn noch gesund und vermittelbar wäre auf dem Arbeitsmarkt. Und man lud mich ein nach Potsdam den Amtsarzt zu besuchen. Der kam zu dem Schluss, dass ich eine chronische Depression hätte und es sinnvoll wäre das ich eine Erwerbsunfähigkeitsrente beantrage. Was ich dann auch tat. Ich bekam die Rente erst einmal befristet auf zwei Jahre und irgendwann mittendrin schickten sie mich in den West Harz in eine Kureinrichtung für sechs Wochen. Man wollte dort sehen, ob eine dauerhafte Rente gerechtfertigt wäre. Also fuhr ich mit der Bahn dort hin. Dort angekommen bekam ich mein Zimmer und später sollte es eine Führung durch das Objekt geben. Es war eine Mischung aus alter Burg und Neubau. Und weil ich nichts zu tun hatte erkundete ich alles allein, ich hatte keine Lust mehr auf die Führung und weil dort im

Kino „Die fabelhafte Welt der Amelie" gezeigt wurde, den ich noch nicht kannte, setzte ich mich lieber in das Kino. In den nächsten Tagen ging ich spazieren, kletterte auf den Berg hinter der Klinik, am nächsten Tag auf den Berg vor der Klinik, am nächsten Tag sah ich mir die Porzellanfabrik an die gleich nebenan war und schließlich lief ich am nächsten Tag ins Nachbardorf und aß im Wirtshaus eine Schweinshaxe und trank ein Bier. Dann war ich fertig. Da waren sehr viele Menschen in der Klinik und alle waren ständig am Unterhalten. Doch ich war allein, ich hatte da keinen Zutritt. Ich bekam immer mehr Angst und musste mir immer mehr Beruhigungsmittel von den Schwestern holen. Dann wurde ich zum Arzt gerufen und erzählte ihm von meinen Spaziergängen und dass ich nun fertig sei und nach Hause wolle. Das ich keinen Kontakt finden konnte. Er meinte das ich nicht zum Spazieren gehen hier wäre, aber er sähe meine Gründe ein mich wieder nach Hause zu schicken und über meine Rente müsse ich mich auch nicht sorgen, er hielt sie für gerechtfertigt. So war ich nur etwa eine Woche da.

Mein Psychiater empfiehl mir die Tagesstätte für chronisch psychisch Kranke zu besuchen. Da hätte ich eine Tages Struktur und das wäre sehr wichtig. Also ging ich dort hin. Die Leiterin war sehr nett und es arbeiten dort zwei gutaussehende Praktikantinnen, die mich schnell ins Herz schlossen. Denn ich war etwas Besonderes. Ich malte tolle Bilder, formte tolle Keramiken, die mir die Mitarbeiter oft abkauften als Weihnachts-, oder Geburtstagsgeschenk. Ich schuf auch großartige Holzarbeiten, durfte mir neue Maschinen kaufen, die ich benötigte. Auch meine Holzarbeiten waren sehr beliebt und ich machte mir nebenbei ein bisschen Taschengeld. Ich blühte beinahe auf, weil ich nicht allein war und tun konnte, woran ich Spaß hatte.

Und auch mein Loch von Wohnung ging ich an. Den Säufer, der über mir hauste, hatten sie in einer Nacht mit Blaulicht abgeholt und er kam nicht zurück. Die schmuddelige Familie mit den großen Hunden war ausgezogen, das ganze Vorderhaus stand jetzt leer. Und am Ende des Hofes stand so eine Art alte Villa, dort zog ein netter Mann ein und richtete ein Ostalgie Museum ein. Ich schenkte ihm meine alte Praktika Kamera, worüber er sich sehr freute. In der Nacht vergrub ich meine alten schlechten Bücher an der Mauer vor der Villa. Vor meinem Fenster säte ich Rasen und holte mir Großvaters alten Handrasenmäher aus Lehnin, damit konnte ich den Rasen schön halten. An der Mauer entlang säte ich Sonnenblumen, die auch schön wuchsen. Und so wurde der einst schäbige und modrige Hof mein kleines Paradies. Und der alte große Baum mitten auf dem Hof war ein Kirschbaum und der blühte wunderschön und brachte süße Kirschen. Jemand schenkte mir zwei Rattan Korbstühle für draußen, die fanden auch ihren Platz und es wurde sehr gemütlich. Allein war ich auch nicht mehr, denn durch das Ostalgie Museum gab es moderaten Publikumsverkehr. Die Welt hatte sich wieder einmal verbessert um mich herum und ließ mir Luft zum Atmen. Mit den Büchern und Gott machte ich erst einmal Pause. Und ich lernte eine Frau kennen, aber wieder muss ich sagen, das kommt in einem anderen Kapitel vor.

Im Puls

Die Beziehung mit dieser Frau, über die ich später erzähle, dauerte etwa zwei Jahre. Dann mussten sich unsere Wege wieder trennen. Ich war wieder so traurig und verzweifelt das ich einfach verschwinden wollte. Ich wollte wieder nach Italien mit nichts als einer kleinen Reisetasche und mich meinem Schicksal übergeben. Wieder ein weiter Weg der am Ende zu etwas anderem führen sollte. Ich kaufte mir eine Fahrkarte für die ICE nach München und von dort aus wollte ich weiter nach Italien. Ich war noch nie ICE gefahren und fand das großartig. In München angekommen sah ich meinen Zug nach Italien, ein ziemlich alter Zug war das und ich bekam Angst. Wenn ich da einsteige gibt es kein Zurück mehr. Ich beschloss darüber zu schlafen und mietete mir im Bahnhofshotel ein Zimmer. Am nächsten Morgen entschied ich mit dem ICE wieder nach Hause zu fahren. Als ich wieder am heimatlichen Bahnhof angekommen war begann schon der Abend und die Dämmerung zog herauf. Ich hatte so ungefähr acht Stunden gesessen im Zug und dachte, dass bevor ich nach Hause gehe noch eine Runde durch die Stadt gut wäre. Da traf ich am Steintorturm Aisha. Aisha war Musiktherapeutin und ich kannte sie noch von meinem Aufenthalt in der Psychiatrie im Haus 8. Musiktherapie war damals Teil des Therapieangebotes, genauso wie die Gestaltungstherapie wo man malte und das Gemalte besprach. Das mochte ich auch sehr und man erkannte mein Talent und bei Beiden bekam ich Einzeltherapie. In der Musiktherapie war es ähnlich, ein Teil war es ein klassisches Musikstück vorgespielt zu bekommen und dann zu erzählen was man dabei empfand. Da entdeckte ich die klassische Musik und das erste was ich mir kaufte war eine Kollektion von Beethovens 9 Sinfonien. Die hörte ich dann rauf und runter. Später kamen noch viele andere dazu von Maler bis Mozart. Der andere Teil bestand darin mit den anderen in einer Gruppe zu trommeln. Darin war ich auch auffällig gut und so bekam ich auch dort Einzeltherapie. Aisha kochte mir Tee und servierte ihn in chinesischen, schönen Teeschalen. Das gefiel mir und wir redeten viel. Ich hatte viel Fantasie zu beschreiben was ich in den Musikstücken alles entdeckte.

Diese Aisha lief mir also über den Weg und ich erzählte ihr von meiner Trennung und das ich verschwinden wollte und doch zurückgekommen bin, weil ich Angst bekam mich dem Schicksal zu überlassen. Sie hörte mir zu und fragte mich, ob ich nicht für sie stundenweise arbeiten möchte. Sie habe vor eine Sozialtherapeutische Praxis „ImPuls" gleich hier in der Großen Gartenstraße 44 zu eröffnen in einem alten Ballett Saal mit Büro. Und sie suche noch jemanden für die Buchhaltung und was sonst noch so anfällt. Ich sagte, ja das könnte ich mir vorstellen, aber von Buchhaltung habe ich ja noch keine Ahnung. Sie sagte, dass ihr Steuerberater mir zeigen könnte, wie man das alles mit einer modernen Buchhaltungssoftware macht. Sie würde das bezahlen. So machten wir das, ich war vielleicht drei oder vier Stunden bei dem Steuerberater der mir alles Zeigte bis hin zur Steuererklärung. Ich lernte das schnell und hatte es drauf das die nächsten vier Jahre zu machen. Aisha kaufte einen neuen Bürocomputer und die Software, ich richtete alles ein, entwarf auch Rechnungsformulare für ihre Abrechnungen, für die Kunden und Einrichtungen, für die sie arbeitete und los ging es.

Die Buchhaltung lief so nebenbei. Aisha hatte dort ein Schlagzeug zu stehen und das interessierte mich. Ich begann ab und an darauf zu üben und fand immer mehr gefallen daran. Dann wollte ich mir ein eigenes Schlagzeug herrichten, nicht so ein Billigding mit scheppernden Blechbecken. Mein Anspruch stieg. Ich überredete sie mein Schlagzeug auch noch in den Saal zu stellen, er wäre ja groß genug und stören würde es kaum. Etwas widerwillig willigte sie ein. Wenn Feierabend war blieb ich noch und übte fast täglich. Ich hatte den Jazz entdeckt und träumte davon ein Jazzschlagzeuger zu werden. Der Traum hielt 8 Jahre. Wir arbeiteten vorwiegend mit geistig Behinderten, machten Tanzgruppen mit verkleiden, oder Schattentheater. Dafür schaffte ich die Technik heran, Licht einen weißen Vorhang und einen guten Beamer. Zu Hause entwarf ich mit Photoshop Bühnenbilder, die man so projizieren konnte. Die Behinderten hatten viel Spaß und sie grüßen mich noch heute auf der Straße. Hallo René vom Schattentheater, und das ist schon über 10 Jahre her.

Ich trommelte schon recht gut und so begleitete ich Aisha auch zu ihren Außeneinsätzen im Altenheim. Dort spielte Aisha Akkordeon und sang und ich begleitete sie auf meiner Snaredrum mit Jazzbesen. Die meisten dort waren dement und jedes Mal, wenn wir kamen fragten sie mich: Wer bist denn Du? Und dann war da noch Karl ein junger Mann mit Trisomie 21 dem Downsyndrom. Er liebte es Schlagzeug zu spielen. Sein Vater brachte ihn immer zu uns und er sagte mir das Karl auch zu Hause ein Schlagzeug hatte und es liebte darauf zu spielen. Er fragte mich, da ja in der Praxis zwei Schlagzeuge standen, ob ich ihm nicht einmal die Woche Unterricht geben würde, mittwochs würde es passen. Ich dachte, warum nicht und wir handelten einen kleinen Preis aus. Anfangs dachte ich, dass ich Karl etwas beibringen könne, er trommelte immer den gleichen Rhythmus. Teilweise ging er darauf ein was ich ihm zeigte, aber dann viel er doch immer wieder in seine Gewohnheit zurück. Ich dachte ich wäre ein schlechter Lehrer und das kein richtiger Unterricht wie ausgemacht. Aber dann merkte ich das es darauf nicht ankam. Karl hatte großen Spaß mit mir und wenn die Stunde vorbei war, sein Vater ihn abholte umarmte mich Karl immer fest. Und er wollte immer wieder kommen, darauf kam es an nicht, ob ich ihm etwas beibringen kann.

Auch privat war ich oft mit Aisha unterwegs. Sie kannte die Theaterszene der Stadt und wir hingen oft in diesen Kneipen rum und tranken Rotwein. Immer noch war ich der Stille Mann an ihrer Seite, aber das störte niemanden. Mir gefiel dieses Leben und ich lernte die Theatermanagerin kennen und sie sah das ich mich für vieles Interessierte, sie besorgte mir dann eine Zeit lang sehr günstige Theater und Konzertkarten. Das war auch eine schöne Zeit. Sie endete nach vier Jahren Zusammenarbeit. Aisha hatte genug von der Praxis und wollte etwas Neues anfangen, obwohl es immer gut lief die Zahlen stimmten. Sie schloss ihre Praxis und zog nach Lübben im Spreewald. Einmal sah ich sie noch ein paar Jahre später, sie war hier zu Besuch bei Jemanden.

Während meiner Zeit dort las ich wieder. Aisha hatte eine große Bücherwand in der Praxis mit vielen Psychologie Büchern. Ich las was ich wollte, Irvin Yalom, Alice Miller, Sigmund Freud, Carl Gustav Jung und einiges mehr. Psychologie interessierte mich sehr. Auch viele New Age Bücher aus den 70zigern hatte sie. Das war auch sehr interessant was die Leute damals so dachten in der Hippiezeit. Aber ich las auch Klassiker wie Goethes Faust, ja ich war Faust. Ich las also, spielte Schlagzeug und malte auch viel. Und ich schrieb viel, aber auch das ist Stoff für ein anderes Kapitel, für das es jetzt wohl Zeit ist.

Die wahre Liebe

Vor kurzem erst erkannte ich das die wahre Liebe für mich die rein romantische Liebe ist, egal ob sie erfüllt, oder unerfüllt bleibt sie ist romantisch. Weder war ich je ein Mann der Frauen auf ihre körperlichen Vorzüge her beurteilte und aus dem Häuschen meiner Triebhaftigkeit geriet, noch konnte ich mir vorstellen eine Familie zu gründen, Kinder zu bekommen. Ein winziges, einziges Mal hatte ich den Gedanken und Wunsch, aber das war nur ein kurzer Impuls der Verliebtheit. Ich bin nicht für diese Art von Liebe geeignet, die die Welt am Laufen hält. Nein für mich geht die Welt mit den Menschen unter und das finde ich auch noch irgendwie gut. Der Mensch sollte sich nicht als Maß aller Dinge empfinden, und ohne nachzudenken und Selbstkritik seiner Biologischen Bestimmung folgen. Aber es macht keinen Sinn deshalb ein verbitterter Misanthrop zu sein der die Menschen hasst. Das kann nur eine vorrübergehende Phase sein die ich auch durchschritten habe, aber nach der sich eine Art der Gleichgültigkeit einstellt, und später dann der Wunsch eines gesunden Abstandes, den man sich irgendwie schaffen muss um dem Leben doch noch etwas Freude und Lebensqualität abzugewinnen. Das war nicht immer so, es war eine lange Suche und davon möchte ich nun erzählen, wie alles begann mit der Liebe.

Sybille

Ich war 13 in der siebten Klasse, als ich mich zum ersten Mal in ein Mädchen verliebte. Ihr Name war Sybille, wunderschöner Name dachte ich, so ähnlich wie Libelle diesem Anmutigem Geflügeltem Wesen, das man oft am glitzernden Wasser begegnet. Es war schon kalt, Herbst vielleicht als es mich traf. Sie ging in meine Parallelklasse und ich wusste sogar, wo sie wohnt, in einem der Häuser mit diesem modernen, flachen Wellendächern aus Beton nicht weit von der Schule. Sie trug immer eine blaue Kunstfelljacke kuschlig weich, weil ich sie im Gedränge auf dem Flur schon einmal heimlich und unauffällig berührte und darauf fiel ihr glattes, blondes, schulterlanges Haar. Sie hatte ein liebevolles Gesicht, aber trat nicht groß in Erscheinung, sie war ruhig wie ich. Eines Tages fasste ich den Mut und schrieb einen Zettel: Willst du mit mir gehen, ja, nein, vielleicht? Ganz so wie man es kennt. Was sollte ich sonst schreiben? Ich weihte Frank ein, ein Freund wider Willen, weil wir die einzigen gleichaltrigen Jungen im Dorf waren. Er war der Sohn des LPG Vorsitzenden, der Landwirtschaftlichen Produktionsgenossenschaft, sie hatten das einzige Telefon im Dorf. Frank war Klassensprecher und ein guter Schüler, ganz das Gegenteil von mir. Ich fragte ihn, ob er den Brief zu Sybille bringt die gerade in der Turnhalle Sport hatte. Er wollte das gerne tun und ging los. Mir schlug das Herz und es schwindelte mir. Was daraus nur wird habe ich noch gar nicht bedacht. Ich war nur verliebt in Sybille.

Irgendwann kam er wieder und sagte: Sie hat ja gesagt, sie will. Was mache ich jetzt dachte ich, gar nichts, ich kann doch nicht einfach zu ihr hin gehen und sagen hier bin ich und was dann? Ich beschloss erst mal das Ganze zu vergessen. Aber Frank hatte das nicht vergessen und erzählte es jedem, ich bin in Sybille verliebt. Als sie merkten das wir beide zu schüchtern waren und keinerlei Anstalten etwas voran zu bringen wagten, da fingen sie uns auf dem Schulhof in der Pause ein, sie stellten uns gegenüber in einem kleinen Abstand und bildeten einen Kreis um uns. Und dann sagten einige wohlwollend, seht euch doch einmal an, andere witzelten küsst euch. Aber wir waren beide wie erstarrt. Erst als das Ende der Pause läutete wurden wir erlöst und der Kreis löste sich um uns und wir gingen auch voneinander weg. Später kam Henry der Mädchenschwarm der Schule zu mir und sagte: Vergiss es einfach, ich habe das auch schon versucht bei ihr, aber mit ihr war auch für mich nichts anzufangen. Das war meine erste Liebe.

Gesine

Ich war in der 9. Klasse und ab der 9. Mussten wir alle nach Lehnin zur Schule, in die Schule meiner ersten Jahre. Gesine ging in die benachbarte Schule Friedrich Engels unsere hieß Karl-Marx-Oberschule. Sie war die Tochter meines Zeichenlehrers. Der konnte mich aber nicht besonders leiden, weil ich ihm zu ruhig war für mein Talent. Ich könne das nicht nutzen und aus mir etwas machen. Er hielt mich für so etwas wie Verschwendung. Um ihn zu ärgern zeichnete ich eine recht passable Karikatur seines Kopfes mit den großen Ohren und den wenigen halblangen Haaren die eher fusselig wirkten und heftete das Blatt im Flur an die große Wandzeitung wo alle vorbei liefen. Ich weiß gar nicht mehr, ob das irgendwelche Konsequenzen hatte. Ich weiß nur das ich Gesine liebte und sehr unglücklich war dabei. Ich fand in einem Magazin eine kleine runde Aktfotografie in Schwarzweiß, die ihr sehr ähnlichsah. Ich schnitt sie aus und klebte sie in ein noch unbeschriebenes, rotes Poesiealbum, das ich hatte und dann schrieb ich das ganze Buch voll mit meinem Gejammer, meinem Schmerz und meiner Sehnsucht. Sie erfuhr davon nichts und ihr Vater Gott sei Dank auch nichts. Irgendwann ging das vorbei und es kam die Nächste.

Nicole

Ich war 15 immer noch in der 9. Klasse. Nicole war in der 7. wusste ich. Manchmal sah ich sie während des Unterrichts aus dem Fenster wie sie über den Schulhof lief, wenn sie wohl eine Freistunde hatte. Sie war wunderschön und hatte langes, rotbraunes wallendes Haar. Ihr Gesicht fand ich wunderschön, ich war ja auch wieder verknallt. Im Sommer war am Wochenende oft Kino auf der Freilichtbühne. Ich fuhr da oft hin mit dem Fahrrad waren es so etwa fünf Kilometer von Trechwitz. Nicole wohnte dort ganz in der Nähe in einem Einfamilienhaus. Ich wusste das ihr Zimmer unter dem Dach war und welches Fenster ihres war. Gegenüber auf der anderen Straßenseite war eine Straßenlaterne. Manchmal stellte ich mich nach dem Kino da hin und schaute zu ihrem Fenster hinauf. Ich stellte mir vor, dass sie einmal rausschaute und mich sah. Das Fenster öffnete und mit mir redete, vielleicht sogar vor die Tür kam. Aber so oft ich dort stand, es passierte einfach nicht. Und so fuhr ich jedes Mal traurig nach Hause.

Es wurde Winter und meine Eltern fuhren mit uns Verwandte in Thüringen besuchen. Stiefvaters Schwester wohnte dort in den Bergen mit Mann und zwei Töchtern. Gleich hinter dem Haus ging es bergab und man konnte dort Ski fahren. Ich war nicht so gut darin, aber ich hatte etwas Spaß dabei. Aber der Spaß sollte schnell vergehen, denn mein rechter Ski verklemmte sich unter einer Wurzel und weil ich einen gewissen Schwung drauf hatte drehte sich mein Körper um mein Knie und ich zerrte mir die Bänder und zog mir einen Knorpelriss zu. Ich konnte das Bein nicht mehr gerade strecken und musste von nun an mit Krücken vorwärts gehen. Wieder zu Hause musste ich nach Kirch Möser ins orthopädische Krankenhaus. Da wollten sie mich operieren und ins Knie hineinschauen. Da lag ich nun in einem Drei Betten Saal und hatte meinen Kassettenrecorder dabei. Zu der Zeit lief gerade Opus „Live is life" den ganzen Tag rauf und runter im Radio. Und da war Yvonne eine wunderhübsche Krankenschwester mit rotbraunem wallendem Haar, sie trug einen kurzen weißen Schwesternkittel und schwarze Strumpfhosen. Ich genoss es, wenn sie mir den Rücken mit Franzbranntwein einrieb, damit ich mich nicht wundlag. Mein Bein lag fest auf einem Gestell und ich konnte mich nicht drehen. Aber das war nicht so schlimm. Ich dachte immer noch an Nicole und da ich ihre Adresse kannte schrieb ich ihr einen Brief in der ich ihr meine Situation erklärte. Und sie schrieb auch zurück einen netten Brief. Das freute mich und ich schrieb ihr noch einmal und gestand ihr das ich in sie verliebt bin und schon so lange an sie denke. Sie schrieb mir eine Absage, sie wollte mich nicht kennen lernen. Ich war wieder traurig. Irgendwann konnte ich mein Bein wieder bewegen, bekam noch eine Weile knorpelbildende Injektionen unter die Kniescheibe gespritzt, aber zur Schule konnte ich wieder gehen, vorerst mit Krücken. Und da sah ich sie Nicole und erschrak. Sie hatte sich ihr wunderschönes Haar kurz geschnitten und lief Hand in Hand mit einem der Alphamännchen aus der 10. Und sie blieben auch zusammen. Ich vergaß sie bald und verliebte mich lange Zeit nicht mehr. Die Schule endete und die Lehrzeit in Belzig begann.

Nicole zwei

Ich war im ersten Lehrjahr noch 16 glaube ich in Belzig. Es war noch warm Spätsommer. Wie immer führte der Weg von der Berufsschule auf der Burg Eisenhardt am Busbahnhof vorbei. Dort saßen immer ein paar Mädchen und ich lief meistens mit meinem Kassettenrecorder in der Hand vorbei. Da sah ich dieses Mädchen dort sitzen, dunkles, schulterlanges Haar, nicht sehr groß und ein wenig pummelig. Aber mir war das egal, die Liebe traf mich wieder wie ein Pfeil. Ich fragte meinen Kollegen Sven der mit mir Richtung Wohnheim lief, ob er nicht zu ihr hin gehen könne, um ihr zu sagen, dass ich sie gerne kennen lernen würde. Sven hatte damit nicht das geringste Problem und ging schnurstracks hinüber, während ich zurückblieb. Er sprach mit ihr und kam zurück, ich solle zu ihr kommen sie würde sich freuen mich kennen zu lernen. Wir gingen gemeinsam zu den Mädchen hinüber und schon stand ich vor ihr. Sie lächelte mich an und sagte Hallo ich heiße Nicole. Ich sagte auch Hallo und meinen Namen. Die anderen zwei Mädchen meinten, dass sie gehen müssten und wir doch allein klarkommen. Ich bat Sven meinen Kassettenrecorder mitzunehmen und in unser Zimmer zu stellen, auf meinen Schrank. Ich bleibe erst mal bei Nicole. Wir setzen uns erst mal auf die Bank der Haltestelle und ich erzählte ihr, wo ich herkam und dass ich hier meine Lehre angefangen habe und oben im Wohnheim wohnte. Sie sagte sie müsse auch in die Richtung, aber noch weiter durch den Wald bis zu dem Sanatorium im Wald, wo sie wohne, weil ihre Mutter in dem Sanatorium arbeite. Dann haben wir den gleichen Weg und vielleicht darf ich sie bis nach Hause bringen, ich habe keine Angst vor dem dunklen Wald. Sie war einverstanden und irgendwann machten wir uns auf den Weg. Wir schlenderten nur so vor uns hin und sahen uns immer wieder an. Als wir an dem Teich neben dem Freibad waren stellte ich mich auf den großen Stein, der da am Ufer lag und ich sagte mutig wie ein Riese: Ich würde dich so gerne küssen jetzt. Sie lächelte und ich sprang vom Stein. Wir umarmten uns und das war mein erster Kuss und es lief gut, es war wunderschön. Ich konnte gar nicht genug davon bekommen und so blieben wir alle zehn Meter stehen und küssten uns wieder und wieder, am Wohnheim vorbei, durch den Wald bis zum Sanatorium, wo sie wohnte. Und es war schon dunkel geworden und sie sagte, jetzt musst du allein durch den dunklen Wald zurück. Das macht nichts sagte ich.

So ging es dann Tag für Tag und einmal wollte sie mit ins Wohnheim kommen mein Zimmer sehen. Die anderen Jungs waren ganz entzückt das da plötzlich ein Mädchen in der Jungenbude war. Wir setzen uns auf mein Bett und knutschten weiter, sie legte sich plötzlich hin und legte meine Hand auf ihre Brust. Das war schön, aber fremd, ich streichelte sie etwas, aber irgendwann hörten wir auf und standen auf und ich brachte sie heim. Etwas war anders als wir uns wiedersahen, sie war kühl und sagte das sie Schluss machen wolle, sie habe sich in Ingo verliebt der mein Kollege war und in dem Einzelzimmer sein Bett hatte. Ich war traurig, aber nicht zu sehr. Jetzt war sie mit Ingo zusammen und ich erfuhr bald, dass sie Sex miteinander hatten.

Andrea

Es kam der erste Winter in Belzig und es ging schon wieder Richtung Frühjahr. Nicole und Ingo waren immer noch zusammen und sie wollten zur Disco nach Dittmanns Dorf einem Dorf etwa zehn Kilometer von Belzig. Da war des Öfteren Dorfdisco in einem Saal. Viele Dorfkneipen hatten einen Saal wo Dorfdiscos stattfanden hin und wieder. Es gab nicht so viele DJs in der DDR, das konnte man nicht so einfach werden, man musste eine Prüfung zum Schallplattenunterhalter abschließen, um so eine Berechtigung oder Lizenz zu erhalten. Also war mal hier mal dort Disco. Ich war mit dem Moped da, es war kalt und frostig. Die Scheiben zum Saal waren beschlagen. Man konnte von draußen nicht hinein sehen was los war. Also ging ich rein. Als Ingo und Nicole mich sahen kamen sie auf mich zu und hinter ihnen her kam noch ein anderes Mädchen und sie war wunderschön. Ich war sofort gefesselt von ihrem Antlitz. Sie war weder groß noch klein, genau richtig, sie war schlank und zierlich zugleich. Ihr Haar war fein und glänzte wie Gold, es war auch schulterlang. Sie hatte auch ein breites Grinsen im Gesicht wie sie da so vor mir stand. Sie stellten uns vor. Das ist Andrea auch aus Belzig, sie gehe mit Nicole in die gleiche Klasse. Sie ist die Tochter vom Bezirksschornsteinfegermeister und hat einen älteren Bruder der auch Schornsteinfeger sei. Na, wenn das mal kein Glück bringt dachte ich. Wir wichen den Abend über nicht mehr voneinander und sahen uns ständig lächelnd an, das tat schon weh in meinem Gesicht. Als wir uns verabschiedeten verabredeten wir uns, dass ich sie am Montagnachmittag von der Schule abhole, das passte zu meinem Ende der Berufsschule. Und da sah ich sie wieder und empfand nicht weniger als am Samstag auf der Disco. Sie zeigte mir, wo sie wohnt, gleich hinter der Schule über den Sportplatz über die Straße und da wohnte sie in einem größeren Hause, der Eingang war auf dem Hof um die Ecke. Ich lernte auch ihre Eltern und den Bruder kennen, aber meistens verabschiedeten wir uns an der Hausecke. Dort hielten wir uns in den Armen und küssten uns, immer an dieser Stelle. Das wurde zu einer richtigen Gewohnheit und war doch immer schön. Innerlich wollte ich doch, dass es mehr werden würde, aber ich wusste nicht wie, so wurde ich langsam immer trauriger, wenn ich sie abholte. Einmal gingen wir ins Kino, es lief der Film „Abwärts" mit Götz George. Wir saßen nebeneinander und sie trug einen schneeweißen Strickpullover, wie schön und liebreizend sie war. Aber ich wagte es nicht meinen Arm, um ihre Schultern zu legen. Da nahm sie meine Hand und legte meinen Arm über ihre Schulter. Das war schön, ich liebte sie so sehr. Es kam der Frühling und der Sommer. Ich nahm sie einmal mit nach Trechwitz, um sie meinen Eltern vorzustellen, sie fuhr hinten auf meinem Moped mit. Meine Eltern mochten sie sofort und mein Stiefvater sagte: Halt sie bloß fest, so etwas findest du nicht oft auf der Welt. Sie war zu Hause bei mir in meinem Zimmer und lachte mich an. Es konnte kaum schöner sein. Wir hörten U2 „With or without you" ich hatte die Schallplatte.

Im Sommer endete ihre Schulzeit und sie sagte das sie eine Lehre zur Puppenschneiderin machen wollte. Das wäre aber in Dresden und sie wäre eine Weile weg. Am Anfang der Ausbildung würde sie nicht oft nach Hause kommen. Ich war traurig aber sagte dann schreiben wir uns. Als der Tag des Abschieds gekommen war brachte ich sie zum

Bahnhof, wir umarmten uns fest und lange, sie trug auch immer eine blaue Jacke, die Farbe der Unschuld. Dann kam der Zug und sie stieg ein. Sie kam ans offene Fenster und als der Zug abfuhr lief ich nebenher bis zum Ende des Bahnsteiges. Wir winkten uns noch zu, bis sie verschwand. Ich war traurig, aber wir hatten uns ja versprochen zu schreiben. Ich hatte ihre Adresse dort und schrieb. Es kam keine Antwort und ich schrieb wieder und fragte, warum sie nicht zurückschrieb. Nichts. Die Wochen vergingen. Ich war gerade am Mauern eines Schornsteins auf dem Betriebshof da stand Andrea plötzlich da und lächelte wie früher. Sie freute sich mich zu sehen, aber ich war böse. Ich war böse das sie so lange nichts von sich hören lassen hatte, das hatte mich innerlich zerfressen in der Zeit. Ich fragte kalt, warum hast du auf meine Briefe nicht geantwortet? Ich habe so sehr darauf gewartet. Sie sagte, dass sie wirklich viel zu tun hatte und keine Zeit, um zu schreiben. Ich glaubte das nicht, irgendwie hat man doch immer einen ruhigen Moment, das kann doch nicht sein. Ich sagte böse lass mich in Ruhe und geh, ich will dich nicht mehr sehen. Jetzt lachte sie nicht mehr, sie war eher den Tränen nahe, aber ich ließ sie stehen und ging zurück an die Arbeit. Sie lief davon. Sie fand wohl Trost bei Ingo, der schon eine Weile lang mit Nicole nicht mehr zusammen war. Ich bekam davon aber nichts mit. Es tat mir mit der Weile sehr leid, wie ich sie behandelt hatte, es ging mir schlecht und ich erfuhr das sie mit Ingo und ein paar anderen im Fläminggarten sei am Abend. Ich ging hin, um mich zu entschuldigen vielleicht verzeiht sie mir. Ich traf sie alle beieinander und ich sagte zu ihr das es mir sehr leidtue und wünschte das sie mir verzeiht. Sie lächelte nicht mehr und die anderen sagten dafür ist es jetzt zu spät. Sie stand nahe neben Ingo und ich begriff, dass der zum zweiten Mal mir genommen hatte was ich nicht halten konnte. Ich googelte später mal nach und fand heraus, dass die Beiden immer noch in Belzig wohnten und verheiratet waren. Und ich begriff, dass ich nie der Mensch hätte sein können der ich für sie sein wollte, der für immer mit ihr zusammenbleiben konnte. Ich konnte sie nicht festhalten, wie mein Stiefvater mir geraten hatte. Ich hatte sie nicht verdient und bin darüber bis heute traurig. Aber das Leben ging weiter.

Manuela

Es war Winter in Belzig, ich sah Andrea nie wieder seit dem Abend im Fläminggarten. Ich erinnere mich nicht mehr was in der Zeit danach war. An dem Abend kaufte ich mir eine Flasche Wein und trank sie auf einem Zuge aus, vor den anderen die nur mit dem Kopf schüttelten und dann ging ich. Mehr weiß ich nicht. Sven hatte eine Freundin und wir waren unterwegs zur Schülerdisco in der Thälmann Schule. Ich hielt dort schon wieder eine Flasche Wein in der Hand und sie war fast leer. Ich stand da nur so rum, teilnahmslos. Die Mädchen interessierten mich nicht mehr, ich sah mich nicht um. Sven knutschte mit seiner Freundin herum in einer Ecke. Mir war alles egal, ich war betrunken. Da kam ein Mädchen auf mich zu, nicht besonders hübsch und sie sagte zu mir, dass da hinten ein Mädchen wäre, das auf mich stünde und mich kennen lernen wolle. Ich sah rüber und sie war gar nicht mein Typ. Sie war nicht hässlich, aber auch nicht schön. Ich sagte Danke nein, kein Interesse. Sie ging wieder rüber und redete mit ihr. Sie kam zurück und sagte, sie fragte, wenn es nur für eine Nacht wäre? Nur für eine Nacht dachte ich, was soll das werden, ich bin immer noch Jungfrau. Aber ich bin betrunken, also warum nicht sagte ich. Sie kam rüber und sagte das sie Manuela heiße. Irgendwann saßen wir bei Manuela zu Hause, Sven mit Freundin und Lucke auch ein Kollege, der aber aus Belzig war und nicht mit im Wohnheim wohnte. Wir küssten uns immer mal wieder auf eine sehr komische Art mit geschlossenem Mund. Ich fand das nicht schön, aber ich war betrunken. Wir machten aus das Sven seine Freundin, Manuela und ich in die Gartenlaube von Luckes Eltern gehen. Er gab uns den Schlüssel und wir machten uns auf durch die Kälte zu dem Kleingarten wo das Häuschen stand. Lucke verabschiedete sich und ging nach Hause. Wir schlossen die Laube auf und machten den Gasherd an, um es etwas wärmer zu machen. Das funktionierte schlecht, aber es war egal. Sven und seine Freundin begannen es auf einem Sessel zu treiben, ich wollte das gar nicht sehen. Manuela zog mich zu einer ausgezogenen Couch und legte sich hin, sie öffnete die Knöpfe ihrer Hose und schob meine Hand hinein. Das war warm und schleimig, ich wusste nicht ob mir das Gefallen würde, eher nicht. Ich zog meine Hose runter und sie ihre, ich legte mich auf sie, drang in sie ein und bewegte mich, bis ich kam. Sie lag die ganze Zeit ruhig da. Ich fühlte mich mies. Sven war auch bald fertig und wir zogen uns an und gingen ohne viele Worte nach Hause. Ich machte mir am nächsten Tag Sorgen, weil wir nicht verhütet haben, aber jemand der sie kannte, sagte das ich nichts zu befürchten habe, ich sein nicht der Erste und sie mache das öfter und verhütet deshalb mit der Pille. Das war es nun mein erstes Mal. Ich hatte es mir noch nie vorher vorgestellt, deshalb auch nicht schön, das war definitiv nicht schön.

Jaqueline

Es war wieder Sommer und die Burg Eisenhardt war auch eine Jugendherberge. Dort war eine Schulklasse aus Leipzig untergebracht. Ich weiß nicht warum ich mit Torsten aus Brandenburg, der auch im Wohnheim wohnte und das Stockbett über mir hatte an diesem Nachmittag auf der Burg waren. Wir waren mit unseren Mopeds dort. Und da sah ich ein zierliches, sehr hübsches Mädchen mit einem sehr lieben Gesicht, genau das was ich mag und anziehend finde. Sie hatte auch feines, aber dunkelblondes Haar und einen Pferdeschwanz. Und Torsten sah auch ein Mädchen, das ihm gefiel mit feuerrotem Haar. Wir waren uns also einig. Ich traute mich aber nicht das Mädchen, das ich mochte anzusprechen, Torsten tat das für mich auch in seinem

Interesse, er wollte ja das rothaarige Mädchen kennen lernen. Sie kam gleich an und freute sich, sie sei Jaqueline aus Leipzig sagte sie. Nun half ich und sagte zu ihr, mein Freund Torsten findet die Rothaarige dort schön, ob sie da nicht etwas vermitteln könne. Und das tat sie auch prompt. Beide hatten Lust mit uns auf den Mopeds etwas herum zu fahren. Helmpflicht gab es zu der Zeit noch nicht, so ging das einfach. Wir hatten Spaß. Dann kam der Abend und wir fragten, ob wir uns nicht mit in die Herberge schleichen könnten, wir würden gerne noch bleiben. Sie sagten das es ihre letzte Nacht dort war und sie wieder heim nach Leipzig fahren würden am nächsten Tag. Und dass es schade wäre, wenn wir uns nun trennen müssten kaum das wir uns gefunden hätten. Sie wüssten, wo der Schlüssel zur Tür hänge und sie würden sich dahin schleichen, wenn alles ruhig wäre und schlafen und uns die Tür öffnen. Wir verabredeten eine Zeit, wenn es dunkel wäre da zu sein. Und alles funktionierte gut, sie ließen uns hinein. Wir legten uns zu ihnen in die Betten und knutschten die halbe Nacht und streichelten uns, das war sehr schön. Als wir gingen uns hinaus schleichen mussten ließen wir unsere Adresse da und sagten das wir sie gerne in Leipzig besuchen würden bald. Sie sollen uns schreiben, wann das ginge. Und das taten sie auch. Jaqueline schrieb mir bald und schickte ein Foto mit, sie würden uns eine Unterkunft besorgen und wenn alles klar wäre würden sie Bescheid sagen, wann wir kommen könnten. So war es auch und bald fuhren Torsten und ich nach Leipzig. Sie holten uns vom Bahnhof ab und die Wiedersehensfreude war groß. Sie brachten uns zu einer Unterkunft mit zwei Betten in einem Altbau, dann gingen wir durch Leipzig bummeln. Da war ein kleiner See mit Fontäne in der Mitte in einem Park. Dort konnte man sich ein Ruderboot ausleihen und gemütlich über den See rudern. Das machten wir. Irgendwann landeten wir wieder in der Unterkunft und wieder knutschten wir Stundenlang und wild herum rutschten umeinander und übereinander, aber behielten unsere Sachen an. Es kam nicht zum Sex, es hätte aber und dann wäre es sicher schön gewesen. Als wir zurück mussten verabredeten wir uns zu einem baldigen wiedersehen und dann wollten wir auch Sex haben waren wir uns einig. Aber es dauerte nicht lange da schrieb mir Jaqueline, dass sie beide Schlüsse machten. Es tat nicht so weh, es war ein schönes Abenteuer das einfach zu Ende ging.

Nicole drei

Die Lehrzeit in Belzig war zu Ende. Nur Torsten und ich blieben Freunde, weil wir beide eine neue Arbeit fanden. Alles andere zerschlug sich auf nimmer Wiedersehen. Ich war kurz vor meinem 18. Lebensjahr. Ich erinnere mich nicht mehr daran wo ich Nicole eigentlich kennen gelernt habe, aber dass es wieder so eine Vierer Sache war und Torsten wieder auf eine Rothaarige stand die mit Nicole befreundet war. Ich erinnere mich nicht mehr, wie das alles zu Stande kam. Aber das dann jeder den Weg für sich ging, das weiß ich, denn ich war mit Nicole allein. Ich erinnere mich das wir im Golitzsee baden waren, denn ich war wieder zu Hause in Lehnin und Nicole wohnte auch in Lehnin. Sie war wieder genau mein Typ, schlank, lange blonde Haare, etwas wuschelig und ein liebes freundliches Gesicht mit Sommersprossen. Wir plantschten im See und spritzten uns gegenseitig nass. Ich schwamm ein Stück raus und bekam einen Wadenkrampf, das tat weh. Aber es verging.

Wir waren bei mir zu Hause und saßen auf meinem Bett. Wir waren uns nahe, sahen uns an und begannen uns sanft zu küssen. Da geschah plötzlich etwas das ich nicht zuvor erlebte und auch später nie mehr erlebte. Uns beide durchzuckte ein elektrischer Schlag mitten im Kuss. Wir beide waren sehr erstaunt darüber. Was war das? Sie musste dann bald nach Hause. Wir standen vom Bett auf und plötzlich wurde sie Ohnmächtig, ich konnte sie gerade noch auffangen und festhalten, sonst wäre sie einfach auf den Boden gefallen. Sie erwachte aber kurze Zeit später wieder und sagte, das hätte sie öfter.

Sie fand die Musik von Dieter Bohlen großartig und wir hörten das er ein Konzert gibt in Brandenburg auf dem Marienberg, auf der Freilichtbühne. Dieter Bohlen in der DDR da wollte sie unbedingt hin. Dort trafen wir auch Torsten mit seiner rothaarigen Freundin waren wieder zu viert. Dieter Bohlen kam, machte seine Show und fuhr mit seiner Limousine wieder davon. Nicole war glücklich, aber ich hatte meinen Einberufungsbefehl zum Wehrdienst bekommen. Wir mussten uns trennen, kannten wir uns doch gerade erst und lernten uns kennen. Sie versprach zu meiner Vereidigung nach Bernau zu kommen. Und ich sah sie unter den Besuchern, während ich noch strammstehen musste und die Zeremonie noch nicht zu Ende war. Ich freute mich sehr sie zu sehen. Sie hatte sich sehr hübsch gemacht, trug einen sehr sexy Spitzenrock und lange Strümpfe darunter. Wir hatten nicht viel Zeit. Ich erinnere mich das wir in einem mittelalterlichen Torbogen auf einer Bank saßen, ich mit meiner Uniform und sie saß breitbeinig auf meinen Beinen. Aber ich weiß nicht mehr, ob wir uns küssten, seit dem elektrischen Schlag weiß ich nicht, ob wir uns je wieder küssten. Aber ich liebte sie. Die Armee das alles wirkte so unwirklich. Ich versprach bald auf Urlaub zu kommen, wir schaffen das schon. Aber man erwischte mich beim Schlafen im Dienst und ich bekam acht Wochen Urlaubssperre. Als ich dann auf Urlaub kam suchte ich Nicole. Ihre Mutter sagte sie sei zur Disco in Namitz. Ich ging da hin und traf sie, aber sie sagte es sei aus, sie hätte jemand anderen kennen gelernt. Ich kaufte mir am Tresen eine Flasche Pfefferminzlikör und trank sie aus, während ich mitten auf der Straße nach Lehnin nach Hause lief. Auch Nicole wäre eine Frau wie Andrea gewesen, denn den Mann, den sie nach mir kennen gelernt hatte den hat sie immer noch. Ich sehe sie öfter zusammen in der Stadt. Es war wieder nicht die ewige Liebe, die ich mir doch erwünsche. Ich musste weiter nach der wahren Liebe suchen.

Katja

Viele Jahre waren vergangen, ich war jetzt 24. Es waren die 90ziger und ich hatte mir meinen Traum vom DJ sein wahr gemacht. Wobei >Ich< nicht das richtige Wort ist, das Leben hat den Traum wahr werden lassen. Was kann ein >Ich< wollen, wenn das Leben nicht mitspielt, nichts, gar nichts. Ich suchte am letzten Tag des Sommermonats Juli 1994 meinen Freund Christian in Götz. Seine Eltern sagten er sei in den Götzer Bergen an der Havel zu einer Feier. Er macht da keine Musik, sondern ist nur Gast eines Mädchens, das dort ihren Geburtstag feiert. Ich solle ruhig mal hinfahren, ich fände ihn da schon. So fuhr ich mit meinem roten VW Bulli gemütlich dahin und fand auch das Grundstück. Ich sah schon einige Leute da herum hüpfen. Ich parkte meinen Bulli vor dem Zaun und ging hinein. Ich sah Christian schon und wollte zu ihm rüber gehen. Da sprang mir ein lustiges hübsches Mädchen mit einer Brille in den Weg und fragte wer ich bin und was ich wolle. Ich sagte das ich der Freund von Christian bin und ihn gesucht habe und wohl auch gefunden. Sie sagte ihr Name wäre Katja und sie feiere hier ihren 14. Geburtstag, das Grundstück gehöre ihren Eltern, die aber wären, nicht dabei was auch gut so ist. Wenn ich Lust hätte sollte ich bleiben so lange ich möchte, es ist genug zu essen und zu trinken da. Sie würde sich freuen. Danke vielleicht bleibe ich, sagte ich und sie sprang davon, bis später! Ich muss mich um meine Gäste kümmern. Christian freute sich das ich da war und ich kannte noch ein paar andere die da waren. Es war bald Abend, die Sonne tauchte die Havel bereits in goldenes Licht. Da kam Katja wieder zu mir und fragte, ob ich mit ihr ins Wasser käme. Okay sagte ich, wenn sie wolle. Ja wolle sie. So machten wir das. Sie schwamm um mich herum und wollte mich immer wieder unter Wasser drücken.

Sie spritzte mit Wasser und lachte darüber. Flirtet sie etwa mit mir? Ach, ich weiß gar nicht was flirten ist. Dann wurde es dunkel und ich saß auf einem Baumstamm. Da kam Katja von Hinten an mich ran und begann mir die Schultern zu massieren. Das fühlte sich gut an, sie fragte, ob ich eine Freundin hätte, was ich verneinte. Da bin ich, aber froh sagte sie. Noch später lagen wir nebeneinander im Gras und schauten in den Sternenhimmel. Es standen ein großes Armeezelte mit Campingliegen auf der Wiese, sie zeigte mir einen Platz, wo ich schlafen könnte. Ich legte mich hin und später kam sie wieder und legte sich zu mir und wir küssten uns. Und es war wunderschön.

Wir küssten uns den Herbst, den Winter, bis ins Frühjahr hinein. Das war nie langweilig, sie mochte es mir am Ohrläppchen zu knabbern, das kitzelte immer so schön. Das tat ich dann auch bei ihr und sie genoss es auch. Wir unternahmen viel miteinander, wir paddelten mit dem Paddelboot meiner Eltern, und fuhren sogar an die Ostsee, als ich bereits meinen roten Twingo hatte. Sie musste lange bei ihren Eltern betteln, bis die es erlaubten, sie war ja noch so jung. Und sie war eine Jungfrau. Ich drängte sie nie das zu ändern, aber im Frühjahr sagte sie, das sie das nun ändern wollte. Ich sagte, dass sie mit ihrer Mutter zum Arzt gehen sollte und sich die Pille holen, dann sehen wir weiter. Ihre Eltern waren anfangs nicht sehr begeistert das ihre Tochter sich ein zehn Jahre älteren Freund ausgesucht hatte. Und ich hatte ein wenig Angst, denn ihr Vater war Jäger und hatte ein Gewehr zu Hause. Ich stellte mir vor das er mich damit verjagen würde, wie man es aus Filmen kannte. Aber sie nahmen mich an, was blieb ihnen auch übrig, wenn sie Katja nicht unglücklich machen wollten und so saß ich oft mit am Abendbrottisch, nur geredet habe ich da nicht viel. Dann war der Tag gekommen. Es war bereits sommerlich warm und Katja besuchte mich zu Hause in Lehnin. Sie kam immer mit dem Bus und stand dann immer lachend und fröhlich vor meiner Tür und überfiel mich mit

Küssen. An diesem Tag trug sie ein kurzes, rötliches Cord Kleid. Sie war wunderschön. Wir gingen in mein Schlafzimmer und sie küsste meine lila Stoff Kuh, die an meiner Deckenlampe baumelte. Dann küssten wir uns und landeten auf dem Bett. Ich sah ihr ins Gesicht und fragte, ob sie das wirklich wolle und sie sagte ja sie wolle es jetzt. Wir schliefen miteinander das erste Mal und es war schön für uns beide. Was für ein Glück für sie, dachte ich doch an mein schreckliches erstes Mal in der eisigen Gartenlaube. Wir waren eine Zeit lang sehr glücklich, aber es blieb im Großen und Ganzen bei diesem „Blümchensex". Im Spätsommer war ich damit beschäftigt die Techno Party auf der Freilichtbühne vorzubereiten. Ich musste alles überprüfen und was ich nicht selbst machte musste ich anleiten. Ich war voll im Stress. Katja war auch da und anfangs freute es mich das sie mich einmal sah bei dem was ich machte und liebte. Aber ich hatte keine Zeit ihr Aufmerksamkeit zu schenken. Ich sagte zu ihr das ich Hunger hätte und den ganzen Tag noch nicht dazu gekommen bin etwas zu essen. Sie sagte, dann geh ich mal zur Tankstelle und hole dir ein „Heiße Hexe" Hot Doc. Danke sagte ich das wäre schön. Als sie fröhlich wieder da war legte sie mir den Hot Doc hin. Ich war aber gerade so beschäftigt, dass ich dafür keine Zeit hatte. Und als ich dann Zeit hatte war der Hot Doc zur „Kalten Hexe" geworden. Statt ihr zu danken motzte ich sie an: Der ist ja kalt, den kann ich nicht essen! Darüber war sie sehr verärgert und wir waren in unserem ersten Streit. Musste das genau an diesem Tag sein, meinem großen Auftritt? Sie verschwand und ich konnte mich nicht entschuldigen, ich hatte zu tun und dann begann die Party und ich musste auflegen. Immer wieder suchte ich sie vom DJ- Pult aus in der Menge. Ich sah sie sitzen und sich mit einem anderen schon älteren Mann um die 40 etwa Mann lange unterhalten. Ich hatte keinen richtigen Spaß. Sebastian hatte auch schon viel gelernt als Schulfunk DJ und er war immer mit mir hinter dem Pult. Ich sagte ihm er solle mal weiter machen für mich, egal wie er würde das schon gut machen. Und er freute sich über diese Chance. Ich ging von der Bühne und suchte Katja, ich weiß nicht mehr ob ich sie fand und ich weiß nicht mehr ob ich die Party zu Ende brachte, es gab ein Video von der Party, aber das ging verloren, bevor ich es sehen konnte. Es blieb also eine Lücke in meiner Erinnerung an diesem „Großen" Tag. Von da an wurde es nicht wieder so wie es einmal war zwischen Katja und mir. Sie hatte einen Bruder, der war schon etwas älter als sie. Er fuhr so ein Cross Motorrad. Ich spürte immer, dass er mich nicht besonders mochte, aber er respektierte mich aus Liebe zu seiner Schwester. Sie war glücklich mit mir und das war ja das Wichtigste. Aber als dieses Glück nachließ da ergriff er seine Chance. Katja war nicht mehr zufrieden mit dem Sex, den wir hatten, sie versuchte mich für andere Spiele zu gewinnen. Wo sie das nur her hatte, dachte ich. Mit wem hat sie geredet, wer hat ihr das beigebracht? Mir war das zu viel und ich zog mich innerlich zurück, ich baute eine Mauer in mir und hoffte das es auch ohne das weiter geht und wir uns lieben. Dann kam die Chance ihres Bruders ihr die Augen zu öffnen, dass sie nicht mehr den Helden sieht in mir, der mit seinem feuerroten Wagen ihr großes Geburtstagsgeschenk war, sondern er zeigte ihr wer ich wirklich war, der Antiheld. Und das kam so:

Auf dem Reitplatz in Trechwitz war Freiluft Disco mit „Alpha Centauri", den bekanntesten DJs in unserer Gegend. Katja und ich gingen da hin. Wir schlenderten Hand in Hand über den Platz, es war noch nicht dunkel. Da kamen uns ihr Bruder entgegen und es waren noch zwei seiner Kumpels dabei. Sie stellten sich vor uns, wir standen da wie Cowboys vor dem Duell. Ihr Bruder begann mich abfällig zu behandeln, dann schubste er seine Schwester, dass sie fast hin viel. Ich stand da und wusste nicht was das soll. Da lachten die Kumpels mich aus. Und sagten zu Katja, was sie denn da für einen Freund hätte, der könne sie ja nicht einmal verteidigen, noch beschützen, was für ein Weichei.

Dann ließen sie uns in Ruhe und gingen fort. Alles brach über mich zusammen. Wir redeten nicht darüber, wir begannen uns anzuschweigen. Und ein paar Tage später trafen wir uns in Götz vor dem Bahnhof und sie sagte das mit uns Schluss sei. Ich begann bitterlich zu weinen und sie sagte nur: „Ich habe dir doch nicht die Ewigkeit versprochen."

Ich wurde krank darüber und musste zum Arzt gehen, der mich das erste Mal in eine psychiatrische Klinik schickte nach Jerichow. Die Ärztin dort sagte am Ende: „Sie sind ja ein Feigling Herr Seedorf!" Nein dachte ich, ich bin der geborene Antiheld und Katja wurde später Polizistin wie ich erfuhr.

Angela

Ich war 30 und hatte gerade über ein Jahr Psychiatrie hinter mir, nachdem ich in die Stadt gezogen war. Ich ging in die Tagesstätte für psychisch Kranke Menschen, dort konnte ich wieder so etwas wie ein Held sein. Ich war besonders und vergaß Gott und dachte nicht mehr nach über die Welt. Ich hatte meine eigene Welt gefunden. Mutter sagte mir am Telefon sie hätte gebetet, dass ich doch eine Freundin finde die gut für mich ist und mich glücklich macht. Ihr Gebet sollte in Erfüllung gehen. In der Tagesstätte arbeiteten zwei Praktikantinnen, die eine Ausbildung zum Heilerziehungspfleger machten. Die eine hieß Gundula die sehr nett war und mich bewunderte, aber sie war irgendwie nicht mein Typ vom Aussehen her. Die andere hieß Angela, die war eher mein Typ, blondes Haar und einen schönen weiblichen Körper, ein freundliches Gesicht und ich blickte sie immer heimlich an. Ich hätte nie gewagt an mehr zu denken, war ich doch der psychisch Kranke und sie die Pflegerin. Beide waren sie 33 Jahre alt, also drei Jahre älter als ich. Ich fühlte mich wieder lebendig und konnte auch wieder lachen und Scherze machen. Die Praktikantinnen hatten das

Talent das in mir zu fördern und wach zu rufen, ich wurde ihr Lieblingspflegeobjekt hatte ich manchmal das Gefühl.

Dann war ihre Zeit in der Tagesstätte abgelaufen und es war ihr letzter Tag dort. Angela kam zu mir und fragte mich, ob ich nicht eine Runde Mau-Mau mit ihr spielen würde. Und ihr sei aufgefallen das ich sehr schöne Füße hätte. Es war Sommer und ich trug Jesus Latschen, ja sagte ich die gefallen mir auch. Wir begannen also mit dem Kartenspiel. Irgendwann legte ich den Herz Buben auf den Stapel und wünschte mir die Herz Dame. Sie lachte. Hatte ich mit Angela geflirtet, ich weiß doch gar nicht was flirten ist. Da sagte sie plötzlich etwas ernsthaft blickend das sie mit mir reden müsse, ob ich mit raus auf den Flur kommen würde. Klar sagte ich gehen wir raus. Sie lehnte sich gegen die pastellfarbene Wand, das harmonierte, denn Angela trug immer pastellfarbene Kleidung. Sie sagte mir, dass sie sich in mich verliebt hätte und ob ich mir vorstellen könnte das daraus etwas werden könnte. Mein Herz hüpfte, denn wie lange hatte ich sie schon heimlich angesehen. Ich gestand ihr, dass ich auch schon lange an sie dachte, aber es nie in Erwägung gezogen hätte, dass sie etwas für mich empfinden würde.

Wir beschlossen uns für den Abend zu verabreden und wollten in der Villa Brandenburg essen gehen. Wir trafen uns dort, sie kam mit ihrem roten 3er BMW. Schickes Auto fand ich. Ich kam mit dem Fahrrad. Wir aßen und unterhielten uns gut und als wir fertig waren brachte ich sie zum Auto. Sie lehnte sich mit dem Rücken daran und ich küsste sie, wir küssten uns. Dann verabschiedeten wir uns und versprachen uns zu telefonieren morgen. Aber kaum war ich zu Hause klingelte mein Telefon und Angela war dran. Sie sagte sie hätte jetzt schon Sehnsucht und ob sie nicht doch noch heute vorbeikommen könne. Ich sagte, klar das würde mich freuen. Sie kam in meine Wohnung und wir hatten Sex auf meiner Schlafcouch. Sie wusste was sie wollte und ich machte mit.

Sie sagte danach, sie hätte befürchtet das der Sex mit mir nicht so wäre, aber sie sei erleichtert und froh, dass sie sich geirrt hatte.

Von da an hatten wir viel Sex und nicht nur das. Das Gebet meiner Mutter hatte sich erfüllt. Angela war geschieden und hatte zwei Söhne. Ihr Ex Mann war ein erfolgreicher Architekt und Millionär. Er hinterließ Angela zwei Häuser und zahlte eine Menge Unterhalt. Sie hätte nicht mehr arbeiten müssen und dennoch sehr gut leben können. Das nutzen wir am Anfang voll aus. Wir reisten viel, an die Ostsee, nach Weimar zum Zwiebelmarkt und stiegen in dem berühmten Hotel „Elefant" ab. Wir fuhren in den Harz, und reisten mit dem Flugzeug nach Teneriffa, wo wir mit dem Mietwagen, einem Suzuki Jeep die Insel erkundeten. Wir besuchten Theater und Ausstellungen und hatten Sex immer und überall. Im Auto, im Wald, in Hotelzimmern und natürlich auch im Bett. Ich wohnte schon fast in ihrem schönen Haus, baute ihr einen Holzschuppen für die Fahrräder und legte um das Haus eine Rasenkannte mit Kiesbett, das konnte ich ja. Ich putzte mit, wässerte den Garten und fuhr den Rasenschnitt zur Deponie. In ihrem Kleiderschrank hatte sie ein Fach für mich frei geräumt. Und doch fühlte ich mich eher immer wie ein Gast. Ich kochte oft für uns alle und verstand mich mit den Kindern gut. An Weihnachten dachte ich unter Tränen des Glücks ich hätte nun eine richtige Familie. Aber auch dieses Mal sollte das Glück nicht für immer sein. Ich ging nicht mehr zur Tagesstätte und war meistens bei ihr zu Hause. Sie meinte ich solle mir eine Beschäftigung suchen, malen vielleicht. Sie würde mir auch ein kleines Atelier bezahlen in der Stadt. Aber ich hatte keine Lust dazu, ich hing an ihr und das machte sie immer unglücklicher. Sie wollte dann wieder arbeiten gehen, obwohl sie das gar nicht nötig hätte, aber sie sagte das sie das für sich wollte, es ihr wichtig war etwas zu tun. Und sie fing an als Familienhelferin zu arbeiten. Nicht gerade ein leichter Job. Sie kam auch immer müde von der Arbeit und wollte sich ausruhen. Ich wurde ihr zu viel und wir hatten kaum mehr Sex, was ich wiederum bedauerte.

Irgendwann ging es nicht mehr und sie sagte das wir auf Abstand gehen müssten. Eine Freundin von ihr Eva sagte in ihrem Haus wäre eine sehr schöne Singlewohnung frei, mit Terrasse, großer Küche, großes Bad mit Dusche und Badewanne. Die Wohnung gefiel mir auf Anhieb, nur ich hätte gerne Laminatboden im Wohnzimmer. Den verlegte ich mir einfach. Ich nahm kaum Möbel aus meiner alten Wohnung mit, sondern suchte mir alte Antiquitäten Möbel zusammen und restaurierte sie auch, dass sie schön aussahen. Ich steckte viel Liebe in die Wohnung und Angela schenkte mir eine Schlafcouch die ich mir selbst aussuchen durfte. Und dennoch wollte ich nur bei Angela sein und war jeden Tag bei ihr. Ich hatte einen Hausschlüssel und wartete jeden Abend bei ihr fernsehguckend auf ihrer weißen Ledercouch. Sie sagte das das immer noch kein Abstand sei, sie hätte es sich anders vorgestellt. Das ich in meiner Wohnung bliebe und sie mich besucht, wenn sie Lust dazu hätte. Das beleidigte mich und ich dachte, dann bin ich nur noch ein Sexspielzeug für sie, aber wir wären keine Familie mehr. Ich zog meinen Ring vom Finger, wir hatten zwei Gleiche als Zeichen unserer Verbundenheit und legte ihn auf ihr Nachttischchen neben ihrem Bett. Sie meinte das wäre theatralisch. Und ich ging.

Ich hatte bald danach Geburtstag und fühlte mich einsam, und ich rief Angela an, ob sie nicht Lust hätte vorbei zu kommen. Sie sagte ja, sie hätte Lust. Wir hatten leidenschaftlichen Sex auf meiner neuen Schlafcouch, dass sie beinahe aus den Angeln ging. Und Angela sagte, das sei ja wie früher am Anfang. Doch das war es, als sie fort ging habe ich sie nicht mehr angerufen und sie meldete sich auch nicht mehr. Ein paar Jahre später liefen wir uns vor einer Parfümerie über den Weg und ich sagte zu ihr das ich den Sex vermisse. Sie sagte nur:

„Den besten Sex hat man doch nur mit sich selbst." Aber sie lächelte dann etwas und fügte hinzu: „Aber das mit uns das war schon was." Von da an musste ich leiden und lernen, dass man den besten Sex nur mit sich selbst hat. Sie hatte damit Recht!

Kristin

Ich war 37 und arbeitete stundenweise in der Sozialtherapeutischen Praxis und übte Schlagzeug spielen. Zu Hause malte ich und baute und drechselte schöne Tischleuchten. Und ich hatte die Schlafcouch, die mir Angela schenkte, entsorgt und mir selbst ein Doppelbett in Gründerzeit Optik gebaut. Mit Schnörkeligen Schnitzereien und gedrechselten Verzierungen. Das gefiel mir sehr und ich hoffte irgendwann würde ich noch einmal eine Frau finden, die es mit mir teilt. Doch im echten Leben war da keine in Sicht, die meiner Vorstellung von Liebenswert entsprach, so hielt ich mich daran was Angela mir gesagt hatte und ich hatte eine riesige Sammlung an Pornobildern auf meinem Rechner und es wurden immer mehr. Ich konnte mir so wenigstens in der Fantasie vorstellen das Liebe mit im Spiel ist. Es waren alles Mädchen, die mir gefielen, deren Aussehen in ein Liebesgedicht passte.

Kristin war 23 als sie das erste Mal bei uns ein Praktikum machte. Sie studierte Musiktherapie und war seit klein auf in klassischen Kinder- und Jugendorchestern Schlagzeugerin, Orchesterschlagzeugerin. Sie war sehr klein und zierlich, aber hatte keine schmalen Oberarme, vom Trommeln dachte ich trainiert. Sie hatte leicht dunkelblondes, langes natürliches Haar das sie immer hinter dem Kopf zusammengebunden trug. Ihr Gesicht war sehr mädchenhaft und sie hatte braune leicht verträumte Augen. Eigentlich war sie genau mein Typ, aber anfangs war sie für mich sehr unscheinbar. Sie war zwar da und schlief auch im Büro auf einer Liege, aber ich dachte nie daran mal mit ihr am Abend spazieren zu gehen, oder etwas trinken. Die Liebe hatte mich schon so lange nicht mehr besucht. Erst als sie ging, weil ihre Praktikum Zeit endete erwachte in mir so etwas wie Zuneigung. Ich konnte es aber noch nicht beschreiben. Ich machte heimlich ein Foto von ihr auf der Weihnachtsfeier der Lebenshilfe, sie trug eine rotweiße Weihnachtsmütze und starrte verträumt vor sich hin, das fand ich schön. Ich hatte nur das Bedürfnis für sie zum Abschied einen selbstgemachten Tunfisch Salat mit frischem Baguette Brot und Rotwein zu besorgen. Aber als sie den Tunfischsalat sah sagte sie: „Das ist ja Katzenfutter, das esse ich nicht!" Aisha lud uns noch am Abend in die Theaterklause ein und als wir uns verabschiedeten sagte Aisha zu uns: Nun umarmt euch doch mal zum Abschied und das taten wir zaghaft.

So verging das Jahr und es kam der Frühling. Kristin kam wieder und machte ein zweites Praktikum bei uns. Sie war im Januar 24 geworden. Dieses Mal kamen wir uns schneller näher und an einem Tag, sie fuhr immer zur Orchesterprobe nach Potsdam einmal die Woche hatte sie noch Zeit nach der Arbeit und wir beschlossen gegenüber im „la Mare" noch was trinken zu gehen. Vor der Tür aber kam eine Frau mit einem weißen Hund an der Leine vorbei und Kristin blieb wie erstarrt stehen. Ich fragte sie was los sei und sie sagte das sie vor Hunden Angst habe. Das fand ich niedlich und wir setzen uns hinein und bestellten etwas zu trinken. Sie saß mir gegenüber und ich blickte ihr das erste Mal in ihre verträumten braunen Augen. Und da erwischte es mich wieder, ich war verliebt. Ich brachte sie noch zum Zug, bis morgen dann.

Sie lud Aisha und mich zu einem Konzert in die Friedrichskirche in Potsdam ein, damit wir mal sehen was sie da so mache, sagte sie. Aisha hatte nicht besondere Lust dazu, was mir sehr entgegen kam. Ich sagte Kristin das ich allein komme. Ich besorgte eine rote Gerbera und eine Schachtel Halloren Kugeln, weil ich wusste das sie die mag.

In der Kirche setzte ich mich in die Mitte, wo ich sie gut sehen konnte beim Pauken und hörte mir das Konzert an. Es gefiel mir gut. Danach trafen wir uns und ich gab ihr die Blume und die Halloren Kugeln. Du sollst mir doch nichts schenken sagte sie. Na ja, ich wollte das antwortete ich. Wir waren dann draußen und überlegten noch in der Stadt was trinken zu gehen. Da kam einer ihrer Mitmusiker, ein junger Kerl und fragte Kristin wer ich sei und ob sie denn keinen jüngeren fände. Sie antwortete nicht und sagte komm wir gehen. Unterwegs waren am Wegesrand eine flache Mauer und Kristin ging oben lang auf der Mauer, so war sie etwas größer als ich was sie sehr amüsierte. Sie wurde lockerer und ich noch verliebter.

Wir fanden ein Lokal, das hatte innen hunderte von Kerzen brennen. Das sah wunderschön aus und wir beschlossen da hinein zu gehen. Wir bestellten etwas zu trinken und ich fragte sie, ob sie schon einmal einen Freund hatte. Sie sagte vor dem Studium gab es mal einen, aber wegen des Studiums trennten sie sich. Ihre Hausherren, wo sie in Potsdam ein Zimmer habe, wollten sie mal mit ihrem Enkel der Automechaniker war verkuppeln. Das wollte sie aber nicht. Da wäre noch jemand der aber gerade an seiner Doktorarbeit schrieb und sie hätte wenig Hoffnung. Und ihren Dirigenten des Orchesters mag sie auch. Und magst du mich fragte ich zaghaft. Du bist nett sagte sie. Nett dachte ich, ist das nicht das Gleiche wie Scheiße?

Sie brachte mich noch auf den Bahnhof, der Zug fuhr erst in einer Stunde. Ich fragte sie, ob sie nicht Hunger hätte. Ja sagte sie. Da gab es einen Nudelsalat, der sah ganz gut aus fanden wir. Ich bestellte einen Teller und zwei Gabeln. Wir setzten uns gegenüber und aßen vom selben Tellerchen. Ich war verliebt. Als wir aufgegessen hatte war es bald Zeit für meinen Zug. Als wir aufstanden fragte ich sie, ob ich ihr zu alt sei. Sie lächelte und fummelte an meiner Schulter, als wolle sie einen Fussel von meinem Mantel zupfen. „Zu alt bist du mir nicht." Sie sagte nicht aber, dass Aber war nur in meinen Kopf. Aber zu dumm dachte ich. Als ich auf dem Bahnhof in Brandenburg ankam hatte es angefangen leicht zu regnen. Im Zug schon schrieb ich ihr eine SMS das ich den Abend sehr schön fand. Sie schrieb das fand sie auch. Ich schrieb ihr das es gerade regnet. Sie schrieb das es ihr sehr leid tue das ich nass werde. Ich schrieb das es ihr nicht leidtun müsse, es macht mir nichts aus.

Wieder war das Ende ihres Praktikums gekommen. Und ich wusste das sie an ihrem letzten Tag allein noch einen Termin im Altersheim hatte. Dort lag ein alter Mann, den sie gerne mochte. Es war schon einmal jemand gestorben den sie mochte. Sie weinte im Büro und Aisha musste sie trösten. Es war Frühling und die Weidenkätzchen blühten am Rande meines Fahrrad Weges, der durch die Natur um die Stadt führte. Der Termin im Heim war erst am Nachmittag. Ich fragte sie, ob ich sie begleiten dürfe und sie war einverstanden. Es war noch früh und die Sonne schien warm. Sie hatte ihr Fahrrad dabei, es stand im Keller der Praxis und ich fragte sie, ob wir den Tag nicht mit den Rädern fahren wollen, auch zum Altersheim. Aber erst zeige ich ihr die schöne Natur, die Weidenkätzchen auf meinen geheimen Wegen, wir habe ja noch viel Zeit.

Sie war einverstanden und ich war glücklich diese Zeit mit ihr zu verbringen. Wir fuhren den Feldweg entlang, aber da war eine große, lange und etwas tiefe Pfütze im Weg. Sie meinte das sie da nicht durchfahren könne. Ich sagte das geht und fuhr durch. Und jetzt du, es geht. Sie meinte immer noch sie könne es nicht schaffen. Aber sie fuhr los. Doch mitten in der Pfütze bekam sie Angst und hört auf zu treten. Sie landete mit einem Fuß im Wasser, das der Schuh und ihr Socke ganz nass wurden. Siehst du schimpfte sie ich habe doch gesagt das schaffe ich nicht. Sie schaffte es aber wieder aufzusteigen und das andere Ufer zu erreichen.

Nicht so schlimm sagte ich, wir haben ja noch Zeit. Wir fahren jetzt zu mir, dann gebe ich dir ein paar trockene Socken von mir und den Schuh trocknen wir mit meinem Fön. Sie war einverstanden. Ich dachte mir das ist wie bei Aschenbrödel, meine Traumfrau in der Kindheit und noch viele, viele Jahre danach. Sie war bei mir zu Hause, bei mir zu Hause, dachte ich. Ich gab ihr frische Socken und steckte den Fön in ihren nassen Schuh und ließ ihn laufen. Sie sah sich bei mir um, erblickte meine kleine Porzellankatzensammlung auf dem Küchenregal und lachte kurz. Wollen wir einen Kaffee trinken und Apfelkuchen vom Bäcker um die Ecke holen? Sie sagte ja, den Kuchen hole ich. Ich gab ich ein paar Latschen und schon war sie weg. Ich machte Kaffee und der Föhn röhrte vor sich hin.

Dann saßen wir im Wohnzimmer und tranken Kaffee und aßen den schönen Kuchen. Sie meinte ich solle etwas Musik machen. Ich legte eine Platte auf. „Wir sind Helden" ...wir können alles schaffen genau wie die tollen dressierten Affen wir müssen nur wollen, müssen nur wollen... Ich fragte sie, wann sie sich in mich verliebe. Sie sagte: „Noch nicht!" Der Schuh war trocken und wir mussten los zum Altersheim. Dort angekommen tat sie was sie musste und besuchte den alten Mann, den sie mochte. Er lag reglos im Bett und sie stellte sich an das Fußende und fing an zu singen, wie ein Engel. Das rührte mich bis tief ins Herz und mir stiegen Tränen in die Augen. Was für ein Mädchen das war. Meine Liebe zu ihr wuchs und wuchs. Als wir fertig waren gingen wir noch in den Waschraum, um uns die Hände zu waschen. Dort öffnete sie ihr Haar und ich sah sie so wie Gott sie schuf, wie sie am Morgen aus dem Bett steigt, oder abends hinein. Das war Erotik für mich. Sie schüttelte sich das Haar und band die Schleifen wieder herum. Dann bespritzten wir uns lachend mit Wasser. Dann gingen wir. Es war noch Nachmittag und ich fragte sie, ob sie noch Lust auf den Streichelzoo der Klinik hatte, die ja nicht weit war. Sie hatte Lust. Wir sahen uns die Tiere an und ich pflückte ihr von der Wiese ein Gänseblümchen und gab es ihr. Das musst du aufheben sagte ich. Sie sagte, das hätte sie bei ihrer Mutter auch mal gemacht, aber die hätte die Blume weggeworfen.

Es war der letzte Tag und ich brachte sie noch bis zum Zug, das Fahrrad ließ sie da und wollte es später noch holen. Schön dachte ich eine Chance sie wieder zu sehen. Sie sagte wir können uns Emails schreiben, aber Emails seien auch gefährlich sagte sie, ich wusste noch nicht, wie recht sie haben sollte. Aisha hatte das natürlich mitbekommen das sich da etwas anbahnte. Sie sagte zu mir ich solle mich nicht ins Unglück stürzen Kristin hätte einen Vaterkomplex. Als sie in der Pubertät war ließen sich die Eltern scheiden und der Vater ging einfach weg, das habe sie nicht verkraftet. Ich solle vorsichtig sein.

Wir schrieben uns ab und zu wie es uns ginge. Ich hatte Geburtstag und wünschte mir einen Sanssouci Spaziergang in Potsdam. Sie wollte erst nicht und sagte sie hätte im Moment keine Zeit, im Sommer vielleicht da wäre mehr Zeit. Sie hätte eine neue Stelle in einer Klinik und noch mache ihr das spaß. Noch dachte ich? Wir verabredeten uns dann doch auf einen Tag. Ich freute mich sie wieder zu sehen und wollte mit ihr ein Picknick machen im Park eine Überraschung. Ich borgte mir bei Eva aus dem Haus einen Weidenkorb. Ich kaufte Weintrauben, Käsehäppchen, Brot und Rotwein. Und eine kleine karierte Tischdecke. Dann fuhr ich mit dem Zug bis „Schlosspark Sanssouci". Sie schrieb mir eine SMS das sie mit dem Bus käme und ich auf den Bahnhof warten soll, wenn ich früher da sein sollte als sie. Ich hielt mich nicht dran und ging dem Bus entgegen, der fuhr aber vorbei und hielt am Bahnhof. Ich sah sie darinsitzen. Und schon flitzte sie die Treppe zum Bahnhof hoch, ich hinterher holte sie ein und sie sagte ich sollte doch warten. Egal jetzt kann es los gehen. Wir gingen zum neuen Palais und kauften uns Eintrittskarten. Den Picknickkorb durfte ich an der Kasse deponieren. Wir bekamen Pantoffeln und schlürften durch die königlichen Säle. Wieder draußen erzählte ich ihr das der König und die Königin sieben Jahre gemeinsam im Bett lagen und es nicht fertig brachten Sex zu haben und Nachkommen zu zeugen. Sie hob einen Ast auf und sagte, mal mir das mal auf. Ich malte ein Bett und sie sagte nur über Sex sollte ich mir doch am wenigsten Sorgen machen. Wie meinte sie das?

Wir setzten uns in einen Pavillon und picknickten ein wenig. Sie fragte, ob ich immer so einfallsreich wäre und wenn ich sie hätte würde ich das nicht mehr tun. Ich sagte, ich bin immer so, ich mache sowas gerne. Dann gingen wir weiter durch den Park und ich bewarf sie mit weißen Knallerbsen vom Strauch. Sie warf zurück. Dann sagte sie ich solle mal meine Hand aufhalten. Ich hielt sie ihr hin und sie zerquetschte darin eine Knallerbse. Ich lachte. So viel Nähe gab es bisher nicht. Wir gingen weiter und kamen an der Brücke bei den Römischen Bädern an. Da blieben wir stehen und sie sah plötzlich ganz fahl aus und starrte vor sich hin, halb abwesend sagte sie: „Mein Vater hat niemals für mich Zeit." Was war das denn? War das der Vaterkomplex vor dem Aisha mich gewarnt hatte? Bin ich nur ihr Vaterersatz? Sieht sie mich, oder ihren Vater? Aber ich wollte daran nicht denken, ich liebte sie wie sie war. Wir gingen weiter und machte noch ein kleines Wettrennen zum eigentlichen Schloss hinauf, aber das hatte geschlossen. So gingen wir zur Friedenskirche und setzten uns an das Ufer des Sees. Es wurde schon Abend. Wir saßen nebeneinander und schwiegen. Ich dachte mir das ich sie jetzt gerne küssen würde, wann wenn nicht hier und jetzt. Aber ich hatte Angst, ich hasste mich dafür so ein Feigling zu sein, aber ich konnte es nicht ändern. Ich goss mir noch ein Glas Rotwein ein. Sie meinte nur ich trinke ziemlich viel, ich solle ihr lieber noch eine Weintraube geben. Irgendwann beschlossen wir den Park zu verlassen und gingen

Richtung Ausgang. Da war ein schönes Lokal mit Tischen draußen. Und sie sagte: „Hier können wir ja das nächste Mal essen gehen." Sie wollte mich also wieder sehen dachte ich und freute mich halb und halb weinte ich innerlich. Wir fuhren mit dem Bus zum Bahnhof und sie nahm mir den Picknick Korb ab und stellte ihn sich auf ihre Knie. Wie ein altes Ehepaar dachte ich warm. Am Bahnhof verabschiedeten wir uns mit einer Umarmung und unsere Hände glitten ineinander. Sie fragte mich, ob ich den Film „Das Experiment" kenne. Ich sagte ja, den kenn ich. Und sie sagte sie hätte Angst mein Wärter zu sein. Analysierte sie mich, dachte ich.

Wir schrieben wieder SMS das es schön war, sie meinte aber das ab jetzt SMS-Verbot herrsche. Ich sagte das ich mich daran nicht halten kann. Ich schrieb ihr das ich sie liebe, sie hatte gerade Orchesterprobe und hatte eine Trommelpause im Stück, als wir uns das schrieben. Sie schrieb zurück, dass sie mich nicht liebe. Irgendwann rief sie an und ich fragte, warum sie mich nicht liebe. Ich sei sehr nett. Nur nett sagte ich. Sie wolle keine Beziehung mit mir, Freundschaft ja, aber nicht mehr. Ich sagte ich wolle ein Kind mit ihr. Das war dieses einzige Mal in meinem Leben, das ich meiner Biologie folgte und an so etwas dachte. Sie sagte ich solle mal Halblang machen. Wir sollten erst mal nicht mehr Kontakt haben, und der Abschied müsse ja nicht für immer sein.

Von da an lief alles aus dem Ruder, ich fing an Psychologiebücher zu lesen. Ich fragte Aisha, ob es ein Buch über Vaterkomplex gäbe. Sie sagte nur wütend, lies ein anderes Buch „Anleitung zum Unglücklich sein" ich solle Kristin vergessen, sie habe es mir ja gesagt. Aber trotzdem schrieb ich Kristin Emails. Täglich immer länger, immer mehr. Am Anfang schrieb sie noch zurück sie könne das alles gar nicht lesen und es ginge ihr schlecht. Aber ich hörte nicht auf, ich schrieb und schrieb. Irgendwann schrieb sie, dass sie ihr Fahrrad gerne abholen möchte. Es stand nun in meinem Keller zu Hause, weil es die Praxis gar nicht mehr gab. Sie sagte mir, wann sie käme und ich solle ihr das Rad an den Zug bringen, sie müsse dann gleich weiter. Ich entstaubte das Rad, das Gras von unserer Tour, wo sie in der Pfütze landete hing immer noch zwischen den Speichen. Ich machte es weg und fuhr damit zum Bahnhof. Ich las gerade Goethes Faust und fühlte mich wie Faust, dass ich Kristin nicht mehr erreichen könne und daran verrückt würde. Sie stieg aus dem Zug und wir standen voreinander. Irgendwie war ich weit entfernt und konnte gar nichts mehr fühlen. Ich fragte sie, ob sie Goethes Faust kenne, das lese ich gerade. Sie meinte aus der Schule ein bisschen. Sie müsse gleich weiter, danke das ich ihr das Fahrrad gebracht habe. Und sie fragte, ob ich jetzt aus der Bibliothek schreibe? Ja sagte ich die Praxis gibt es nicht mehr ist schon lange her, so fühlt es sich an. Sie verabschiedete sich und stieg mit dem Fahrrad in den Zug und weg war sie. Ich schrieb ihr weiter Tag für Tag was ich las, was ich lernte, was ich dachte, was ich glaubte, es vergingen Jahre. Da schrieb sie noch einmal ich solle damit aufhören, sonst würde sie mich verklagen. Ich schrieb weiter und saß irgendwann verwirrt vor dem Richter im Amtsgericht, der mir das Schreiben untersagte. An der Tür sagte er noch einmal mit Ruhiger Stimme. „Lassen sie es sein, sie sehen doch das es nichts bringt." Sie war die romantischste und leidvollste Liebe in meinem Leben.

Gundula

Gundula sagte mir das Kristin nie wirklich bei mir war.

Gundula war die andere Praktikantin für Heilerziehungspflege in der Tagesstätte für chronisch psychisch Kranke. Wir mochten uns damals, aber attraktiv fand ich Angela. Aber das war längst Geschichte geworden. Gundula hatte ich all die Jahre über nicht wiedergesehen, aber während ich meine Arbeit in der sozialtherapeutischen Praxis begann machte Gundula sich auch selbstständig. Sie eröffnete ein

Porzellan und Antiquitätenladen in der Stadt an der Jahrtausendbrücke. Ich freute mich sie wieder zu sehen und wenn ich frei hatte ging ich anfangs gelegentlich zu ihr in den Laden und wir redeten miteinander. Auch von Kristin erzählte ich ihr immer wieder und sie hörte mir zu. Bald war ich jeden Tag bei ihr am Nachmittag, wir tranken Kaffee und redeten viel. Ich begann für ihr Geschäft Ansichtskarten der Stadt zu machen denn ich fotografierte auch gerne. Die verkaufte sie gut und ich machte das eine ganze Weile. Auch meine Lampen verkaufte sie für mich über ihr Geschäft, das passte einfach da hinein. Selbst meine Gemälde hängte sie zum Verkauf in ihren Laden. Davon verkaufte ich aber nur ein großes mit einer Blumenwiese und zwei kaufte Gundula für sich. Einmal kam eine Kunstkritikerin in den Laden und sah ein Bild von mir. Sie fragte von wem das Bild sei, ob sie den Künstler kenne. Ich war zufällig da und gab mich zu erkennen. Sie wollte einen Artikel über mich schreiben. Wir machten einen Termin bei mir zu Hause und sie kam mit einer Fotografin, die ein Bild von mir machte mit einem Gemälde von mir im Hintergrund. Ich erzählte ihr viel, das ich aber eigentlich Jazzschlagzeuger werden wollte. Als der Artikel erschien füllte er eine ganze Zeitungsseite. Sie meinte am Ende, wenn ich weiter malen würde, könnte aus mir ein meisterhafter Künstler werden. Aber ich bin kein Mensch, den deshalb der Ehrgeiz packt und das Leben ging einfach weiter. Viele Jahre ging das so, dass ich in dem Laden mit den alten Dingen saß, ich lernte auch etwas über Porzellan Marken und was wertvoll ist und was nicht. Ich mochte das alles sehr. Irgendwann erzählte ich nicht mehr von Kristin und Gundula war auch schon eine Weile allein. Da versuchte sie das aus unserer Freundschaft mehr werden könnte. Und ich versuchte mich darauf einzulassen. Andere, die uns kannten meinten wir würden perfekt zueinander passen. Ihr Vater war gestorben und hinterließ ihr ein Auto. Wir planten einen Trip an die Ostsee damit. Ich fand das gut, ich liebe die Ostsee. Sie hatte mich verführt und wir hatten einmal Sex miteinander. Und kurz vor der Abreise noch einmal, aber da spürte ich das es nicht ginge. Die Chemie stimmte einfach nicht, ich wollte das nicht mehr. Noch bevor ich es ihr mitteilen konnte fuhren wir los. Sie hatte sich eine Überraschung für mich einfallen lassen. Wir fuhren zu einem alten Schloss, wo sie uns ein Zimmer gebucht hatte und ein romantisches Abendessen in einem Raum nur für uns zwei. Ich fühlte mich so mies, weil ich ihr sagen musste das es mit uns nicht funktioniert, nicht so.

Ich nahm meinen Mut zusammen und erklärte es ihr und dass es mir leidtut, weil sie sich so viel Mühe gemacht hat mit diesem romantischen Schloss, dem Zimmer und dem Abendessen. Das alles sagte ich ihr noch vor dem Essen. Und sie nahm es nicht so schwer wie ich dachte. Wir wollten uns den Urlaub deshalb nicht vermiesen und unsere Freundschaft wäre doch viel mehr wert als das. So war das Abendessen doch schön und wir schliefen in dem großen Bett nebeneinander, ohne uns zu berühren. Und am nächsten Tag fuhren wir weiter, bis wir an der Ostsee ankamen. Wir hatten nur ein Zelt dabei, Schlafsäcke, einen Campingtisch und zwei Hocker. Etwas zu essen und unsere Kameras.

Wir waren auf dem Darß unterwegs, fuhren mit dem Zeesenboot, aßen lecker Räucherfisch, besuchten das Künstlerdorf Ahrenshoop, sahen uns eine Auktionsausstellung mit wundervollen Bildern an. Liefen am Strand entlang und fanden immer einen Übernachtungsplatz. Schlichen uns in die Duschen eines Campingplatzes, wir hatten alles was wir brauchten. Ich fing mir eine Zecke ein, die erste in meinem Leben. Gundula hatte eine Zeckenzange dabei und zog sie mir aus dem Bein. Wir machten viele Fotos und als wir wieder zu Hause waren malte ich zwei Bilder, eines hat sie und eines habe ich behalten. Es ist mein Lieblingsbild, dass ich wohl immer behalten werde. Eine Weile lang behielt sie ihr Geschäft noch, dann hatte sie keine Lust mehr und wollte was Neues machen. Sie war der Meinung das man alle fünf Jahre etwas Neues beginnen müsse, damit das Leben spannend bleibt. Sie lernte dann einen anderen René kennen und heiratete. Aber das ist auch schon wieder Geschichte, danach kam noch ein René und wer weiß wie viele es noch werden. Wir haben uns aus den Augen verloren und treffen uns nur noch selten zufällig mal auf der Straße. Das letzte Mal ist nicht lange her, ich sagte das ich genug habe vom Leben und froh wäre, wenn Gott mich daraus erlösen würde. Sie meinte das ich vielleicht noch nicht den entscheidenden Satz in meinem Leben gesagt habe, wegen dem ich noch hier bin, um gehen zu dürfen. Vielleicht ist es ja nicht nur ein Satz, sondern ein ganzes Buch? Der Name Gundula bedeutet „Die Gnade Gottes" vielleicht hat sie recht.

Andrea zwei

2016 war ich vollends verrückt. Ich glaubte erkannt zu haben, dass Die Welt nur eine Art Computerprogramm ist. Das alles auf Zahlen beruht, einem Timecode den man erkennen und dem man folgen kann. Und das tat ich ausgiebig. Ich entdeckte die Matrix überall. Es gab da eine Frau die ich schon zwei Jahre sah, sie hatte einen kleinen Sohn von etwa acht, der war sehr schlank und irgendwie nicht so wie andere Jungen, eher verträumt ging er immer an der Seite seiner Mutter. Sie bewegte sich auch irgendwie unsicher durch die Menschenmenge auf den Straßen. Sie eckte oft im Gehen an, sie schien irgendwie nicht im Fluss zu sein, aber ihr Gang gefiel mir und auch ihr Blick. Auch sie war irgendwie besonders. Sie war sehr hübsch, hatte schwarzes langes Haar, das sie immer offen trug. Ihr Körper war schlank und sehr weiblich. Sie war fast so groß wie ich, das fand ich gut.

Es war der 12. Oktober um 12.12h. Die 12 war für mich eine besondere Zahl, weil Jesus 12 Jahre alt war als er im Tempel des Herrn bleiben durfte, er gute Eltern hatte reif genug dafür war, so steht es in der

Bibel. So dachte ich nur noch, dass auch die Bibel ein Schlüssel zum Code ist wie die Welt in Wirklichkeit funktioniert. Ich will das nicht weiter ausführen, weil ich mich heute davon gelöst habe so zu denken. Und ich bin froh, dass ich das geschafft habe, manchmal sehe ich noch diese Muster, aber ich achte nicht mehr darauf. Jetzt in diesem Moment des Schreibens ist es gerade 18.18h. Und das hat nichts mehr zu bedeuten, nur es ist da.

Jedenfalls saß sie an diesem Tag zu dieser Zeit bei meinem Lieblingsbäcker Steinecke, wo ich seit vielen Jahren sitze und meinen Kaffee trinke. Sie saß an dem Tisch und in dem Sessel, wo ich am liebsten sitze. Und ich hatte noch niemals, noch nie in meinem ganzen Leben eine Frau angesprochen, die mir gefiel. Doch die Uhr zeigte 12.12h und Gott sagte, jetzt ist der Zeitpunkt für den Tempel des Herren, dass ich hineindürfe. Ich setzte mich zu ihr an den Tisch und sprach sie an. Ich sagte das ich René heiße und sie mir schon öfter auf der Straße aufgefallen ist, und da sie nun mal hier sitzt, wo ich sonst immer sitze dachte ich es wäre ein guter Zeitpunkt sie mal anzusprechen. Sie lächelte und sagte das sie Andrea sei. Ein Bekannter Matthias der auch klassischen Gitarrenunterricht gibt, hatte mir kurz zuvor auf der Straße einen Flyer in die Hand gedrückt. Im Theater finde heute um 13h ein Musikwettbewerb statt für junge Nachwuchstalente der klassischen Musik. Das wollte ich mir ansehen, der Eintritt ist frei. Ich erzählte Andrea davon und fragte, ob sie nicht Lust hätte mit mir dahin zu gehen. Sie sagte ich solle ruhig dahin gehen vielleicht käme sie nach. Ich ging also allein zum Theater und setzte mich in die Mittleren Reihen, viele Zuhörer waren nicht da. Ich dachte nicht das Andrea kommen würde, aber kurz vor Anfang kam sie doch. Sie setzte sich zwei Reihen über mir, stand dann aber wieder auf und setzte sich neben mich. Sie sagte, wenn ich sie schon eingeladen habe dann kann sie sich auch neben mich setzen. Ich gab ihr das

Programmheft, es waren mehrere Instrumente, jeder junge Künstler spielte ja ein anderes Instrument. Ich fragte sie was ihr Lieblingsinstrument sei und sie sagte Klassische Gitarre gefiele ihr gut, sie hätte auch schon mal versucht Unterricht zu nehmen, aber es war ihr zu schwer. Heißt ihr Gitarrenlehrer vielleicht Matthias fragte ich, ja bei ihm war sie ist aber schon länger her. Matrix dachte ich! Ich sagte ihre Gitarre wäre auch dabei, also was für sie. Wir blieben bis zum Schluss und draußen sagte sie das sie losmüsse, es ihr aber gefallen hatte. Wir verabschiedeten uns und gingen unserer Wege.

Am nächsten Tag saß Andrea mit ihrem Sohn bei Steinecke auf meinem Platz. Ich setzte mich dazu und sagte zu ihrem Sohn: Hallo nett dich kennen zu lernen, wie ist dein Name? Adrian sagte er halb schüchtern. Ich bin René sagte ich. Wir tranken Kaffee und Adrian taute immer mehr auf. Er fragte mich, ob ich seine Mutter heiraten wolle, und ich sagte das ich gerne mal heiraten würde. Dann sagte er zu seiner Mutter, heirate doch René. Sie sagte ich heirate nicht, du kannst ja heiraten, wenn du mal groß bist. Ich fragte sie ob sie mich nicht mal zu Hause besuchen möchte und schauen, wie ich so lebe und was ich so mache. Sie sagte ja und ich nannte ihr Zeit und Ort.

Sie kam pünktlich, ich sah sie draußen schon an meinem Fenster vorbei kommen mit wehenden Haaren. Ich bekomme Besuch von einer Frau dachte ich, wow. Sie kam herein und ich zeigte ihr meine Malstaffelei und mein Schlagzeug. Sie sagte sie sei Erzieherin im Kindergarten, das mache sie gut, aber mit Adrian hätte sie so ihre Sorgen, er sei so ganz anders als die gewöhnlichen Jungen. Er ist so sensibel und zerbrechlich. Ich sagte ihr das bin ich auch, und leider gibt es von uns viel zu wenige auf der Welt. Das sei schon alles so in Ordnung, ist doch gut, wenn nicht alle gleich sind. Meist sind doch die besonderen Menschen die, die die Welt verändern und bereichern, vielleicht wird Adrian das auch eines Tages, wenn er groß ist. Dann standen wir in meiner Küche und ich fragte sie, ob ich sie umarmen dürfe. Ich hätte schon so lange keine Frau mehr umarmt. Sie sagte ja und so standen wir da eine Weile umarmt. Ich sagte das ich bis in alle Ewigkeit so stehen bleiben könnte. Sie sagte lachend, dann bekommen wir aber bald Rückenschmerzen. Als sie ging sagte sie das ich ja morgen bei ihr vorbeikommen könne, wenn ich möchte, sie nannte mir Ort und Zeit.

Ich beschloss ein Kinderfoto von mir mitzunehmen, ich war auf dem Foto ungefähr so alt wie Adrian. Es war ein schwarzweißes Foto, dass ein Fotograf gemacht hatte und ich hielt dort einen Stoffelefanten in der Hand. Sie ließ mich herein und ich sah mich etwas um. Es war unglaublich ordentlich bei ihr, aber schön eigerichtet, an der Wand hing ein Bild mit zwei weißen Blüten, das gefiel mir. Wir setzten uns hin und ich zeigte ihr mein Kinderfoto. Ich sagte wir waren ja alle mal Kinder und irgendwie sind wir es ja immer noch und bleiben es auch. Sie könne das Foto behalten. Sie sagte, da wird ja Adrian fragen wer das ist. Sie erzählte mir noch etwas von ihrem Elternhaus und das sie wenig Freunde hat und dass die Männer immer ihr Leben durcheinanderbrächten. Das ist wohl so, dachte ich, das gehört dazu. Mir fiel auf das sie ab und an abwesend schien und ihr Blick erstarrte. Dann war sie einen Augenblick ganz teilnahmslos. Ich fragte sie, ob sie das bemerke und sie sagte nein. Als ich ging brachte sie mich noch runter bis auf den Hof. Ich umarmte sie und wagte es ihr einen Kuss auf die Wange zu geben. Sie lächelte und ich sagte: Entschuldige ich habe dir einen Kuss geraubt.

Als ich sie bei Steinecke wieder sah sagte sie das sie gemerkt hätte sie könne das nicht, sie stünde sich selbst im Weg und hätte sich einen Termin beim Psychologen besorgt. Ich sagte das könne ich auch, ich habe mich viel mit Psychologie beschäftigt früher und auch mein Leben weitestgehend analysiert. Und in einer Partnerschaft muss man ja auch miteinander reden. Das ist auch Arbeit, die Liebe kommt nicht von allein. Sie sagte, sie vertraue lieber dem Psychologen und bleibe dabei dorthin gehen zu wollen. Ich sagte gut, wie du willst. Aber innerlich bewegte sich auch in mir so einiges und ich fühlte eine Art Ohnmacht dem allen gegenüber aufziehen.

Dann sahen wir uns im Einkaufszentrum und wir setzten uns auf eine Bank. Ich sagte ihr das ich wohl auch noch einige Dinge zu bearbeiten hätte, was meine männliche Seite in mir betrifft, ich habe das Verhältnis zwischen mir und meinem Stiefvater noch nicht richtig verarbeitet der weder eine gute Vaterrolle bei mir eingenommen hatte noch den ich mir als männliches Vorbild hätte nehmen können. Wir gingen auf die Straße und sie meinte das wir uns dann erst mal trennen müssten, es wäre wohl besser. Da war ein Plakat an der Wand worauf sich ineinander zwei Hände reichten durch einen Stacheldrahtzaun. Ich zeigte ihr das und sie reichte mir ihre Hand zum Abschied. Ich fragte sie, ob ich sie noch einmal umarmen dürfte. Sie meinte lieber nicht.

Ich dachte ein paar Tage nach und fragte mich ob es männlich sei jetzt aufzugeben. Ich erinnerte mich an meine Tante deren Verehrer kam immer wieder und ließ nicht locker und irgendwann sagte sie ja und sie waren bestimmt zehn Jahre zusammen, bis er an Krebs starb. Ich beschloss bei Andrea zu klingeln und zu fragen, ob sie mit mir spazieren gehen wolle, nur spazieren gehen und ein bisschen reden. Ich nahm allen Mut zusammen. Normalerweise gehe ich selten auf Menschen zu, ich warte lieber immer bis etwas passiert und man sich ebenso begegnet. Selbst so initiativ zu werden ist eher unangenehm für mich. Aber ich klingelte. Sie kam an die Sprechanlage und ich fragte sie. Sie sagte sie sei in der Badewanne. Ich sagte ich könne auch später wiederkommen, oder wann sie will. Sie wollte nicht, sagte sie. Also musste ich gehen.

Das war wieder der Moment, wo ich das Schreiben begann. Ich schrieb ihr einen Brief. Darin schrieb ich das die meisten Menschen sich nicht in Liebe begegnen können, weil sie unbewusst noch immer unverarbeitete Konflikte mit ihren Eltern mit sich herumtragen. Und das beginne oft schon in der Kindheit. Diese Konflikte werden dann zu Teilen der eigenen Persönlichkeit und verhindern oft, das man sich in Liebe und gegenseitiger Achtung begegnen kann und miteinander die verbindende Liebe findet, so dass sie ein Leben lang hält. Ich schrieb ihr Brief um Brief, stellte Mutmaßungen auf aus dem was sie mir erzählt hatte von ihren Eltern und der Kindheit. Damit entfernte ich mich wieder unbewusst von ihr, genauso wie das bei Kristin am Ende war.

Dann sah ich sie mit Adrian am Flussufer stehen und ich ging zu ihnen hin und stellte mich dazu. Ich wusste nicht was ich sagen sollte, aber Adrian grinste mich an und ich grinste zurück. Eine Weile standen wir so da. Dann sagte sie mit heiserer Stimme ich solle gehen sie wolle das alles nicht mehr. Ich sagte, ich will doch nur reden und sie sagte nein ich solle sie in Ruhe lassen und dann lief sie mit Adrian an der Hand weg. Sie drehte sich noch mal um ob ich sie nun verfolgen würde, aber ich gab es auf. Ich schrieb ihr weiter und erklärte ihr die Welt. Das es immer nur um Täter und Opfer ginge, darum kreise alles in der Welt, aber dem könne man nur entkommen wenn man lernt zu vergeben, wenn man alte Wunden die nicht geschlossen sind mit Vergebung und Liebe schließe finde man immer mehr zu innerer Liebe und Frieden. Ich schickte ihr sogar ein Buch das Gundula mal gelesen hatte und hilfreich für sich fand. „Liebe dich selbst und es ist egal wen du heiratest."

Dann eines Tages fuhr ich mit dem Fahrrad durch die Ritterstraße, sie kreuzt die Straße wo Andrea wohnte. Da kam sie mir mit einer Freundin auch mit dem Fahrrad unterwegs entgegen. Ich sah das sie geschminkt war, das war sie noch nie und sie trug glitzernde, hängende, ziemlich auffällige Ohrringe. Als sie vorbei fuhren hörte ich die Freundin sagen: Das ist der Typ?! Ein Typ bin ich also und sie geht wohl auf Männerfang, um mir zu entkommen, mir und meinen Worten. Und tatsächlich sah ich sie ein paar Tage später mit einem jüngeren blonden Typen, ja einem Typen in der Fußgängerzone. Ich schrieb ihr das sie wohl davon laufe und dieser Typ sicher keiner ist mit dem man eine Liebesbeziehung aufbauen könne. Dann saß ich draußen bei Steinecke am Tisch als sie bei mir ankam ziemlich aufgeregt und wieder mit heiserer Stimme sagte sie, ich solle sie in Ruhe lassen, sie wolle in aller Ruhe ihren neuen Freund kennen lernen. Ich blickte sie ruhig an und sie lief wieder weg und rempelte dabei noch ein paar Leute an. Sie ist nicht im Fluss dachte ich.

Ich hatte ihr ein kleines silbernes Metallherz in einen Brief gesteckt, das machte einen Klang, wenn man es schüttelte, ein singendes klingendes Herz. Gundula hatte es mir einmal geschenkt und eigentlich wollte ich es behalten. Ich schrieb ihr, ob sie mir nicht wenigstens mein singendes und klingendes Metallherz zurückgeben möchte, ich hätte es gerne wieder. Da sah sie mich in der Stadt und kam angefahren. Sie war wieder sehr wütend und sagte wieder mit ihrer heiseren Stimme die sie nur hatte wenn sie wütend war, das ich aufhören solle ihr Briefe zu schreiben und das sie sie gar nicht mehr lese, sondern ihrer Schwester gebe zur Aufbewahrung als Beweis falls ich ihr etwas antun würde. Ich sagte ruhig, dass ich dann vielleicht lieber mit der Schwester mal reden sollte. Sie sagte ich solle aufhören sonst würde sie zur Polizei gehen. Ich fragte sie nach dem Metallherz, das ich das doch nur gerne wiederhätte. Sie sagte sie habe es weggeworfen, was schenke ich ihr auch so etwas wertvolles, mein Pech!

Dann bekam ich wirklich eine Einladung von der Polizei, sie hatte mich wegen Nachstellung angezeigt. Also fuhr ich zu diesem Termin. Es empfing mich ein älterer Herr in Zivilkleidung. Er lächelte mich an und bat mich herein. Er sagte das er schon sehr gespannt darauf war den Menschen kennen zu lernen der solche Briefe schrieb. Er hatte sie alle in seiner Akte. Und ich hatte auch zwei Bilder für sie gemalt, abfotografiert und ihr zu den Briefen getan. Der Polizist hielt sie in den Händen und sagte, dass er sie gar nicht lochen möchte, um sie in die Akte einzufügen, er stecke sie lieber in eine gelochte Klarsichtfolie. Wir unterhielten und beinahe fünf Stunden über den Lauf der Welt, seiner Sorge wegen der Zuwanderer und welchen Ärger das noch geben könnte. Er stimmte meinen Theorien voll zu die ich nieder geschrieben habe über diese Lieblose Welt. Als wir uns verabschiedeten gab er mir herzlich die Hand und bedankte sich noch einmal solch einen Menschen wie mich kennen gelernt zu haben. Ich bedankte mich das ich so einen einsichtigen und verständnisvollen Polizisten vor mir hatte, es hätte ja auch anders sein können. Das bejahte er, und ich war frei.

Später traf ich Matthias den Gitarrenlehrer und erzählte ihm meine Geschichte mit Andrea. Er sagte ja, sie war mal seine Schülerin. Er konnte ihr nicht viel beibringen, aber für den Kindergarten reichte es, sagte er. Ich hätte sie einfach überschätzt, sie hat mich überhaupt nicht verstehen können, was ich ihr alles schrieb. Der blonde Typ war auch nicht lange bei ihr, danach kam ein anderer und dann wieder ein anderer von dem ich dachte, der könnte schon was sein für sie, sie sahen eine Zeit lang aus wie ein richtiges Paar. Ich wünschte es ihr, aber ich glaube das der auch schon gegangen ist. Ich sehe sie oft allein mit abwesendem, erstarrtem Blick.

Evelyn

Das Jahr 2017 begann ziemlich fruchtbar und produktiv. Ich malte viel und schaffte es endlich das Bild Kristin das Geige spielende Mädchen fertig zu malen. Drei Jahre hatte ich daran gemalt, hatte immer wieder aufgehört, weil ich mich nicht weiter wagte. Und ich hatte zwei Musiker gefunden und wir redeten darüber miteinander Musik zu machen, wir müssten nur einen Proberaum finden. Ich spielte mein Schlagzeug nun zu Hause, meist abgedämpft. Über mir wohnte eine schwerhörige Frau und wir hatten uns auf Zeiten geeinigt, wo ich üben konnte. Ich spielte gerne zu CDs von Jazz Musikern, die kein Schlagzeug dabeihatten. Ich nahm das Ganze einmal auf also das Playback und mein Spiel dazu, brannte es auf CD und gab es ein paar Leuten. Die fanden es gut und es fiel niemanden auf, dass das Schlagzeug eigentlich nicht dazu gehörte. Das machte mir Mut und Hoffnung. Dann eines bösen Tages zog die ältere Frau über mir weg und es zog ein Mann ein mit einem Jungen. Man sagte dessen Frau wäre verstorben und er wäre jetzt mit dem Kind allein. Ich dachte das ich so weiter üben könne wie immer, aber er kam runter und beschwerte sich. Ich versuchte mit ihm ein Kompromiss zu finden denn es stünde mir gesetzlich zu in der Wohnung ein Instrument zu spielen, in einem gewissen Zeitrahmen. Ich vereinbarte am Vormittag eine halbe Stunde zu üben täglich, außer Wochenende. Da wäre er meistens sowieso nicht zu Hause. Nur ab und zu kam ein Freund mit der Gitarre am Abend und wir probierten leise ein wenig aus. Da begann es aber von Oben zu stampfen. Und das wurde immer heftiger, selbst wenn ich in Zimmerlaustärke Musik hörte stampfte es, oder wenn ich mal über den Beamer einen Film sah und der Ton über die Musikanlage kam besuchte mich die Polizei. Er hatte mich wegen Lärmbelästigung angezeigt. Die Polizisten verstanden es auch nicht, aber sagte es gäbe solche Menschen. Bald beschwerte er sich bei meinem Vermieter. Ich pochte auf meine gesetzlichen Rechte und bekam bald Post vom Anwalt meines Vermieters. Er drohte mir mit Kündigung des Mietverhältnisses. So schrieb ich ihm lange Briefe über meine Rechte. Er drohte mit dem Gericht und weiterhin mit Kündigung. Da machte ich einen großen Fehler. Ich konnte ihn auch nicht verhindern, das Leben wollte, das sich der Weg ändert. Ich wollte eigentlich mein Leben lang in der Wohnung bleiben ich liebte sie, war dort zu Hause.

Ich bezahlte aus Verletztheit und Wut zwei Monate lang keine Miete. Damit schnitt ich mir selbst die Kehle durch. Es kam zur Gerichtsverhandlung und der Richter gab mir Recht, das ich in der Wohnung mein Instrument spielen dürfe, das sei gesetzlich geregelt, aber weil ich meine Miete nicht bezahlte hat mein Vermieter das Recht mir den Mietvertrag zu kündigen und wenn ich es nicht schaffe in einem festgesetzten Zeitraum auszuziehen dann wird eine Zwangsräumung vollzogen. Ich dachte nur Gott wird mich retten, das kann er nicht zulassen.

Zumal der nervige Nachbar in der Zeit eine neue Frau kennen gelernt hatte und längst wieder ausgezogen war. Und Lars einer meiner Musiker Freunde hatte einen Proberaum gefunden und angemietet. Ich musste also nicht mehr in der Wohnung spielen. Alle Probleme hatten sich in Luft aufgelöst, aber ich musste aus der Wohnung raus. Und dann platzte auch der Traum vom Jazzschlagzeuger. Wir trugen alle drei unsere Instrumente in den neuen Proberaum und bevor auch nur ein Ton erklang, brach ein heftiger Streit aus heiterem Himmel aus. Und Lars sagte das war es wohl und wir lösten uns wieder auf. Wir waren alle drei gewohnt allein zu spielen, und wir glaubten es auch zusammen zu können, eine Fantasieblase, die platzte und der große Traum war aus, acht Jahre geübt für nichts. Ich dachte, mir bleibt ja noch das Malen, was solls das kann ich allein.

Das Frühjahr brach gerade an, aber es war noch recht kalt. Da saß ich eines schönen Tages im Einkaufszentrum mit meinem Netbook, dort gibt es ein kostenloses Netz und ich suchte nach einer neuen Wohnung im Internet. Ich saß bei Nordsee an einem Tisch. Da blickte ich auf und sah unter dem Fische Symbol von Nordsee, das mich an das christliche Symbol erinnerte an einem Tisch ein junges Mädchen sitzen und sie aß ein Fischbrötchen. Ich hatte noch nie so ein schönes Mädchen gesehen, ihre Ausstrahlung war unglaublich schön. Da blickte sie mich an und lächelte, ich lächelte zurück. Sowas gab es lange nicht, dachte ich, aber nur ein Mädchen wenn auch ein wunderschönes. Ich versenkte meinen Blick wieder auf meinem Bildschirm und stöberte weiter nach Wohnungen. Da erklang plötzlich neben mir eine schöne Mädchenstimme. Sie fragte: „Was machen sie da?" Ich blickte auf und da stand das schöne Mädchen direkt neben mir am Tisch. „Ich suche nach einer neuen Wohnung." Ach so, sagte sie interessant. Ich sagte zu ihr sie müsse nicht von hier kommen, denn Menschen aus dieser Stadt sprechen niemals fremde Leute an, das hätte ich so noch nie erlebt, seitdem ich hier lebe. Sie sagte das stimme, sie komme aus Augsburg und sei erst vor kurzem hier her gezogen mit ihrer Mutter. Ich sagte Augsburger Puppenkiste kenne ich, sie sagte das sie ganz in der Nähe der Puppenkiste gewohnt habe, aber nie da war. Ich fragte, ob sie allein hier wäre, oder mit ihrer Mutter. Ja mit ihrer Mutter, die sei auch hier irgendwo und wollte noch was erledigen. Da kam auch schon die Mutter und sah mich fragend an, hast du schon wieder fremde Leute angesprochen, das sollst du doch nicht, sagte sie zu ihrer Tochter. Sie sagte sie müsse jetzt los. Ich sagte es war mir eine Freude dich kennen zu lernen. Vielleicht sehen wir und mal wieder. Ja vielleicht sagte sie und verschwand mit ihrer Mutter.

Ich musste feststellen, dass es nicht so leicht war eine neue Wohnung zu finden. Eine Vorvermieterbescheinigung das ich ein guter Mieter war konnte ich nicht mehr bekommen, das hatte ich mir verbaut. Ich sah mir mehrere Wohnungen an die mir auch ein wenig gefielen, mit meiner alten Wohnung konnten die aber gar nicht mithalten. Aber ich stand ja unter Zwang, musste also Kompromisse machen. Aber die Vermieter wollten mir bei meiner Vorgeschichte nicht trauen und sie lehnten mich ab. Es zählte nichts, dass ich fünfzehn Jahre lang ein vorbildlicher Mieter war. Das Damokles Schwert einer Zwangsräumung hing bereits über mir und ich begann immer mehr das innerlich zu verdrängen. Ich malte weiter und lebte einfach weiter. Ich dachte Gott wird mich retten er wird nicht zulassen das ich auf der Straße lande.

Dann eines Tages saß ich wieder auf der Bank im Einkaufszentrum, da lief mir das schöne Mädchen aus Augsburg wieder über den Weg. Hallo Mädchen aus Augsburg sagte ich. Und sie kam zu mir. Was machst du hier, fragte ich, bist du wieder mit deiner Mutter hier. Sie sagte ja, die wäre gerade beim Entenessen, sie esse gerne Ente. Ihre Mutter esse gerne. Und du nicht so gerne, fragte ich. Da lachte sie und sagte doch, du glaubst gar nicht was ein Mädchen in der Pubertät so alles essen kann und sie zeigte auf ihren leicht kugeligen Bauch. Aber du ist lieber Fisch habe ich bemerkt. Ja sagte sie, sie mag Fisch sehr gerne. Sie sagte sie müsse jetzt weiter ihre Mutter warte schon. Ich sagte, es hat mich gefreut dich wieder zu sehen. Mich auch sagte sie und verschwand.

Zu Hause hatte ich begonnen eine Jesus Ikone zu malen, in Acryl und Öl und mit Blattgold in Mischtechnik. Ich fand am Straßenrand eine schöne alte Holzplatte im Sperrmüll. Da sagte Gott, male eine Jesus Ikone darauf, dass wolltest du doch immer schon mal machen. Ich nahm die Platte mit und fing an zu malen. Ich malte immer so drei Stunden am Tag, dann war ich müde und fuhr immer am Nachmittag zu Steinecke Kaffee trinken. Es hatte sich vor einiger Zeit eine kleine Männerrunde um mich gebildet, die sich dann ab und an zusammenfand. Der Eine hieß Frank und der andere Jörg. Frank erzählte viel über den Krieg und war technikbegeistert, allerdings keiner modernen Technik. Er war in der DDR- Zeit hängen geblieben, sah weder Fernsehen oder interessierte sich für moderne Dinge. Das ging ihm ganz gut damit. Jörg interessierte sich für vieles darunter auch Kunst und Malerei, mit ihm unterhielt ich mich lieber wie man sich denken kann. Es war ein schöner warmer Tag, als wir draußen vor Steinecke am Tisch saßen und unseren Kaffee tranken. Da kam das Augsburger Mädchen wieder vorbeigelaufen. Als sie mich sah freute sie sich und plauderte gleich drauf los. Sie setzte sich zu uns an den Tisch und redete mit uns dreien ohne jede Scheu. Den anderen gefiel das. Ich sagte zu ihr, wenn man sich das dritte Mal begegnet dann kann man auch schon mal seine Namen austauschen. Ich heiße Evelyn sagte sie. Jörg fragte sie, ob er fragen dürfe wie alt sie sei. Ich bin 12 sagte sie. 12 Dachte ich, wie Jesus mit 12 im Tempel des Herren mit den alten Männern dort sprach, sie konnte das auch ganz gut. Irgendwann sagte Jörg, ob wir beiden nicht ein wenig spazieren gehen wollen, an die Havel, ans Wasser vielleicht. Sie sagte ja gerne, sie habe heute Zeit. Also beendete ich die Runde und ging mit Evelyn Richtung Fluss.

Dort angekommen ließen wir ein paar Steine übers Wasser hüpfen und legte uns auf eine der Liegebänke aus Holz die dort standen. Sie erzählte mir das sie ADHS hätte und Medikamente nehmen müsse, aber sie es nicht möge, wenn jemand darüber Witze machen würde. Ich versprach ihr keine Witze darüber zu machen. Sie sagte das Leben der Menschen bestünde daraus geboren zu werden, eine Weile lang Kind sein zu dürfen dann zur Schule gehen zu müssen, dann arbeiten, Kinder kriegen, noch mehr arbeiten, Enkelkinder zu bekommen alt zu werden und zu sterben. Ich sagte so ist das bei mir nicht. Sie sagte, sie weiß und deshalb habe sie sich ja auch mich ausgesucht. Aha, ausgesucht hast du mich, fragte ich. Ja sie sagte, dass sie auf ältere Männer stehe, die Jungen in ihrem Alter seien ihr zu kindisch und zu langweilig. Sie hätte schon mal einen älteren Mann kennen gelernt, der habe zu ihr gesagt sie solle sich nackig ausziehen und auf seinen

Bauch legen. Das habe sie aber nicht getan sagte sie. Ich sagte das sei gut gewesen so ginge das gar nicht. Sie solle sich verlieben und dann kommt der erste Kuss und man sollte doch das alles langsam angehen. Sie zeigte mir erotische Manga Zeichnungen auf ihrem Handy und sie sagte so nähere sie sich dem Thema an. Sie fühlte sich sichtlich wohl mit mir und legte ihren Kopf auf meinen Bauch. Das war ein schönes Gefühl dachte ich, es war schon wieder Jahre her berührt zu werden. Dann sah sie zu mir auf und grinste breit als überlege sie gerade mich zu küssen. Sie sah mich eine Weile an und sagte dann keck: Nein, jetzt noch nicht! Es wurde schon Abend und sie sagte das sie jetzt langsam losmüsse, ob überhaupt noch ein Bus fahren würde, es war Samstag und sie wohnte in dem Wohngebiet und in der Straße wo auch Angela meine Frau von Früher ihr Haus hat. Aber das wusste ich bis dahin noch nicht. Wir gingen zur Haltestelle und sahen das der Bus nicht mehr fuhr. Ich fragte sie, ob ich sie mit meinem Motorrad nach Hause fahren solle. Sie sagte sie hätte etwas Angst auf ein Motorrad zu steigen. Ich sagte, dass ich langsam und vorsichtig fahren würde und sie war einverstanden. Ich dachte, noch nie ist jemand mit mir auf diesem Motorrad mitgefahren, wie fühlt sich das an zu zweit? Wir gingen zu mir nach Hause, sie lachte viel und hatte die Angewohnheit mich gelegentlich zu schubsen. Das mache sie mit ihrem Vater immer und es mache ihr Spaß sagte sie. Angekommen holte ich zwei Helme aus meiner Wohnung und gab ihr den Einen. Sie wollte lieber ohne Helm, sagte sie ich sagte aber das ginge leider nicht, man muss einen Helm tragen. Sie setzte dich hinter mich und ich sagte halt dich gut fest und sie legte ihre Arme um meinen Bauch und ich fuhr vorsichtig los. Sie zeigte mir den Weg und ich hielt etwas entfernt von ihrem Haus. Ich half ihr den Helm vorsichtig abzusetzen, damit sich ihre Haare darin nicht verfingen. Sie freute sich meiner Sorgsamkeit und lächelte breit. Ich fragte sie, ob es ihr Spaß gemacht hätte und sie sagte fröhlich ja das hätte es. Dann verabschiedeten wir uns und ich sagte ihr, dass ich sie sehr liebgewonnen hätte. Sie sagte das es ihr genauso ginge. Wir umarmten uns und dann hüpfte sie fröhlich nach Hause.

Etwas später war Stadtfest und es war überall Rummel und Straßenstände. Eigentlich mied ich es gerne dahin zu gehen, aber an diesem Tag lief ich durch die Mengen. Da mitten drin lief mir Evelyn wieder über den Weg. Sie hatte einen Beutel dabei, darin war eine ziemlich düstere Figur von einem Drachen. Sie sagte das sie Drachen liebe und sie hätte schon mehrere zu Hause. Wir gingen ein Stück zusammen, da viel ihr die Tüte herunter und der Kopf des Drachen brach ab. Das kann man kleben sagte ich, ja das macht mein Vater sagte sie unbekümmert. Wir kamen zu einer Losbude, die Lose dort waren Plüschblumen, man konnte sie ziehen und am Stängel Ende stand ob man etwas gewonnen hatte. Die Losverkäuferin war eine ältere Frau. Ich fragte Evelyn ob wir zwei Lose kaufen wollen, die Blumen könnten wir behalten. Sie freute sich und sagte ja. Ich kaufte zwei Blumen und wir zogen jeder eine Blume. Kein Gewinn. Aber wir hatten ja die Blumen, mehr wollte wir gar nicht. Die alte Frau sagte dann zu uns wir könnten die Blumen eintauschen gegen einen Haufen Einhorn Kacke aus Plastik. Nein Danke sagte ich und die alte Frau sagte: „Na dann viel Glück euch beiden!"

Ich dachte das ist ja wie im Märchen. Evelyn meinte, dass wir den Rummel lieber verlassen sollten sonst haben wir bald kein Geld mehr. Ich war einverstanden. Sie hatte die Idee mich mit nach Hause zu nehmen und mich ihren Eltern vorzustellen. Ich dachte mir nichts dabei, wenn sie mich fortjagen was solls, und wir fuhren mit dem Bus zu ihrem Haus. Da war aber niemand zu Hause und sie stand vor verschlossener Tür. Sie dachte sie wären bei einer Tante in der Stadt, so fuhren wir wieder zurück. Bei der Tante aber war auch niemand zu Hause. So wurde es wieder spät so dass kein Bus mehr fuhr. Da fuhr ich sie wieder nach Hause mit dem Motorrad. Ich fragte sie was sie mache, wenn noch keiner da wäre. Dann ginge sie immer zu den Nachbarn Karten spielen, sagte sie. Dann ist ja alles gut, sagte ich Steinstraße über und kann fahren.

Dann war ich irgendwann schon am Vormittag mit dem Fahrrad unterwegs, es war noch schön kühl in der Sonne. Da lief mir Evelyn wieder über den Weg. Hallo, wo willst du hin so früh fragte ich. Sie sagte sie wolle in die Bibliothek neue Manga Bücher ausleihen und sie treffe dort einen Schulfreund mit dem sie ein wenig Computer spielen wolle. Ach du machst Computerspiele fragte ich. Ja nur, sagte sie sie habe viele zu Hause. Sie fragte, ob ich mitkommen möchte und ich sagte ja gerne, wenn ich nicht störe. Nein du störst nicht, sagte sie und ich schloss mein Fahrrad an eine Laterne und wir gingen zur Bibliothek. Dort trafen wir auf ihren Schulfreund und sie fragte mich ob ich mit reinkommen wolle. Ich war ja gerne mit ihr zusammen und willigte ein. Drin setzte sie mich vor den Bildschirm drückte mir einen Controller in die Hand und sagte wir spielen jetzt ihr Lieblingsspiel zusammen. Wenn ich das kann, sagte ich. Klar kannst du das, sie erklärte mir die Tasten und los ging es. Wir waren zwei Kinder die auf einem fliegenden Drachen ritten und Hindernissen ausweichen mussten. In einer Kurve stürzten wir ab und fielen in einen Fluss. Noch mal, sagte sie und beim dritten Mal schafften wir es durch das Level. Dann stellte sie mir ein Spiel ein das ich alleine spielen musste und ging mit ihrem Schulfreund Bücher aussuchen. Als sie fertig waren spielten die Beiden noch eine Runde und ich sah aus einem Sessel zu. Wir wollten gehen und sie war noch mit ihrem Freund beschäftigt. Ich ging schon mal raus und setzte mich auf den Brunnenrand der auf dem Platz vor der Bibliothek steht. Sie kam raus und fragte warum ich nicht auf sie gewartet habe. Ich sagte, es sah so aus als ob du noch beschäftigt wärst, ich wollte nicht stören. Ach was, sagte sie. Wir nahmen uns an den Händen und gingen durch die Stadt zu ihrem Bus.

Nicht lange und wir trafen uns wieder zufällig in der Steinstraße. Das Leben hat das an sich, merkte ich oft, dass wenn man jemanden treffen sollte man ihn auch immer traf, jedenfalls so lange wie es das Leben wollte, und dann konnte es sein das man sich nie wieder traf. Evelyn wusste das auch, sie sagte wir treffen uns so lange wie es eben geht und wenn nicht mehr dann ist das ebenso. Man kann das nicht ändern. Sie hatte einen Beutel voller Computerspiele dabei und wollte sie im An und Verkauf Spieleladen verkaufen um sich ein neues Spiel zu kaufen das sie unbedingt haben wollte. Ich ging mit in den Laden und sah zu wie sie verhandelte. Der Ladeninhaber sah sich die Spiele an und wollte sie nicht haben, davon hatte er noch genug im Laden, außer einem Spiel, das würde er kaufen. Er öffnete die Hülle, aber die CD war nicht drin. Mist sagte Evelyn die liege noch zu Hause. Sie bekam also kein Geld um sich ihr Spiel kaufen zu können, aber sie fragte mich, ob ich nicht Lust hätte mit ihr durch den Media Markt zu bummeln. Ich sagte ja warum nicht ich bin gerne mit dir zusammen. Sie lächelte und wir gingen in den Media Markt. Dort liefen wir ein bisschen rum bis wir bei den Spielen ankamen und sie zeigte mir was sie haben wollte.

Sie fragte mich, ob ich ihr das Geld eventuell leihen könnte, sie würde es mir in einer Woche wieder geben dann bekäme sie Taschengeld und hätte auch ihr altes Spiel verkauft. Na ja dachte ich, warum nicht, ich traute ihr. Sie kaufte sich ihr Spiel und war glücklich. Wir tauschten noch unsere Telefonnummern aus falls etwas dazwischenkäme, würde sie sich melden. Sie meldete sich irgendwann und fragte, ob ich nicht noch ein paar Tage warten könnte, sie hätte das Geld noch nicht ganz beisammen. Bei mir wurde es knapp, was selten der Fall war und ich schrieb ihr das es bei mir knapp wäre, aber wenn es nicht ginge dann wäre es ebenso, nicht schlimm. Dann hatte ich einen Brief im

Postkasten von der Polizei. Ich öffnete ihn und las das ich eingeladen bin zu einem Gespräch. Verdacht auf sexuellem Missbrauch von Kindern. Ach je dachte ich, da will mich wieder jemand zum Täter machen, aber ich habe ja nichts getan. So fuhr ich wenig bekümmert da hin. Dieses Mal war es eine ältere Frau die mich empfing. Sie sagte das eine Mutter mit ihrer Tochter da gewesen wäre und sie hätte den Verdacht das ich mich ihrer Tochter auf sexueller Weise angenähert hätte. Ich verneinte das und erzählte ihr die Geschichte. Und dann hob ich meine Hände hoch, als würde ich mich ergeben und sagte, dass von mir so etwas auch nicht ausgehen würde, es mir fern läge, ich sei ja selbst noch ein Kind was das betrifft. Sie sagte dann, aber wenn es von ihr ausginge was würde ich dann tun? Ich weiß es nicht, sagte ich, das glaube ich nicht das das passiert. Aber wenn sagte sie, dann reden wir doch über Sex. Aber sie werde die Mutter anrufen und sagen das ihre Sorge nicht gerechtfertigt wäre. Und sie entließ mich mit den Worten das es leider in unserem Rechtsystem so sei das man so etwas schnell vermute und dem Nachgehen müsse. Ist ja Okay sagte ich, ich weiß.

Dann kam eine Nachricht von Evelyn, dass sie sich mit ihrer Mutter und mir an der Uhr am Markt treffen wolle und sagte mir die Zeit. Also zog ich mir ein ordentliches Hemd an und ging da hin. Zuerst war die Mutter sehr ungehalten und schimpfte das ich ja sonst wer sein könnte und sie fände ihre Tochter tot im Mühlengraben, oder sie käme mit einem dicken Bauch nach Hause. Evelyn lachte und sagte, ach Mutter ich habe doch alles im Griff, was du immer denkst. Ich sagte: Deine Mutter macht sich eben Sorgen das ist ja auch richtig so, es gibt ja so viel verrückte Menschen. Aber ich wäre ja selbst noch ein Kind und es hätte mir Spaß gemacht mit Evelyn zusammen zu sein sie ist ein tolles Mädchen. Da wurde sie ruhiger und wollte erlauben das wir uns weiterhin treffen dürften, vielleicht würde sie ja mit mir mehr reden, mit ihr würde sie ja nicht mehr viel reden was die Schule und auch sonst so betrifft. Aber ich sollte ihr kein Geld mehr leihen und auf dem Motorrad dürfe sie auch nicht mehr mitfahren. Ich versprach ihr das und sie gab mir mein Geld zurück, das sie die ganze Zeit schon in der Hand hielt.

Doch war mein guter Eindruck bald dahin. Ich hatte eine Facebook Seite und das war für mich so etwas wie mein kindlicher Spielplatz. Ich postete in meiner Chronik was mich gerade bewegte, schrieb Texte und postete Bilder. Ich machte mir darüber gar keine Gedanken und ließ dort meiner Begeisterung für Evelyn freien Lauf, malte ein Herz mit ihrem Namen darin. Da bekam ich Nachricht von ihrer Mutter, ich solle doch Evelyns Name daraus lassen. Ich entschuldigte mich und löschte alles über Evelyn. Dann schrieb mir der Vater. Wir müssen mal reden über Evelyn. Da bekam ich Angst, ein Vater, mein Vater und ich löschte meinen ganzen Facebook Account. Evelyn war in Teilen schon viel erwachsener als ich. Ich war in meinem Leben eher rückwärtsgegangen und wurde wieder zu einem Kind, einem Gotteskind?

Es begannen die Sommerferien für Evelyn und ich sah sie in der Zeit nicht wieder. Das Damoklesschwert der Zwangsräumung schwang über mir immer heftiger. Ich hatte es lange verdrängt, weil es doch keinen Sinn hatte nach einer Wohnung zu suchen, niemand wollte mich haben. Da bekam ich einen Brief von einer Stelle die mir helfen wollte das ich eine Wohnung bekomme. Ich ging also zu dem Termin dahin. Da war eine nette Frau die mir helfen wollte. Ich erzählte ihr das ich alles versucht hatte eine Wohnung zu bekommen in der Innenstadt. Da wollte ich auch bleiben, woanders würde ich nur krank werden sagte ich. Sie merkte bald das sie mir auch nicht helfen konnte, da sagte ich ihr das ich gerne in der Wohnung bleiben würde, ich würde mich auch entschuldigen das mir alles was ich tat leid tut. Sie versuchte den Anwalt meines Vermieters zu erreichen und bekam ihn auch ans

Telefon. Sie redete mit ihm, aber er blieb hart. Ich hätte das Vertrauensverhältnis zu meinem Vermieter unwiederbringlich verloren und sie wollen das ich ausziehe. Der Tag der Zwangsräumung näherte sich, der 21. August.

Ich wusste nicht mehr ein und aus und entwickelte haarsträubende Fantasien was ich tun könnte. Ich saß wieder bei Steinecke in der Männerrunde und erzählte folgendes: Ich würde mich in der Wohnung verbarrikadieren. In meinem Flur innen vor die Wohnungstür würde ich einen Eimer mit Benzin auf einen Hocker stellen und überall in der Nähe brennende Teelichter aufstellen. Wenn die die Tür aufbrechen dann fällt der Eimer um und die ganze Wohnung würde brennen, und es wäre mir egal wenn ich mitverbrenne. Ich weiß nicht ob ich das wirklich so getan hätte, eher nicht, ich kaufte mir frisches Grillfleisch und wollte den letzten Abend noch einmal auf der Terrasse grillen. Nur was ich zu dem Zeitpunkt nicht wusste, war das am Nebentisch ein Staatsanwalt saß und mithörte was ich erzählte und er ging damit zur Polizei.

Am Tag vor der Zwangsräumung saß ich am Schiffsanleger und starrte ins Wasser. Ich dachte an gar nichts mehr, ich verdrängte alles und nahm die Zeit gar nicht mehr wahr. Selbst nach Gottes Hilfe zu rufen hatte ich aufgegeben. Da klingelte mein Telefon. Die Polizistin war dran mit der ich über Evelyn gesprochen hatte und sie sagte, dass ich wieder des sexuellen Missbrauchs mit Evelyn bezichtigt wurde. Ich sagte ihr das ich Evelyn seit sechs Wochen gar nicht gesehen habe, was soll das? Sie sagte das ich um diese Zeit heute ins Präsidium kommen solle um mit ihr darüber zu reden. Ich wusste noch nicht das das nur ein Vorwand war eine Falle. Also fuhr ich am Nachmittag mit den Fahrrad da hin. Es war noch Zeit und ich wollte mich auf eine Bank vor dem Präsidium setzen, da kamen drei Männer auf mich zu. Sind sie...ja der bin ich, sagte ich. Sie sind verhaftet, drehen sie sich bitte um und sie fesselten mich mit einem Kabelbinder. Sie brachten mich ins Präsidium und ich erfuhr das es nicht um Evelyn ging, sondern um meine Aussage im Kaffee, das ich meine Wohnung in Brand setzen wolle. Sie nahmen mir den Wohnungsschlüssel ab um Nachzusehen ob ich Benzin, oder andere Brandbeschleuniger in der Wohnung hätte. Sie steckte mich in eine Zelle. Dann holte sie mich irgendwann wieder raus und brachten mich zum Haftrichter, sie sagten das sie in der Wohnung nichts gefunden hätten und ich sagte, das war doch nur so dahin geredet, aus Verzweiflung. Der Richter urteilte, dass ich bis zum Nächsten Tag, bis zur Zwangsräumung in Haft bleiben müsse. Dann brachten sie mich zurück und sie machten Fotos von mir und nahmen Fingerabdrücke, wie man es aus dem Fernsehen kennt. Ich kam zurück in meine Zelle und ich fragte ob ich noch was zu essen und zu trinken gäbe. Sie brachten mir eine Bockwurst und einen Becher Wasser. Irgendwann schlief ich ein.

Am nächsten Morgen fuhren sie mich zu meiner Wohnung, ein ganzer Trupp stand bereit und der Gerichtsvollzieher schloss meine Wohnung auf. Er staunte nicht schlecht wie schön meine Sachen, Möbel wären und das er viel zu pfänden hätte. Er sagte ich dürfe mir eine Tasche packen mit Sachen die ich brauche, ich sollte einen dicken Pullover einpacken im Winter wäre es kalt auf der Straße. Er gab mir eine Visitenkarte vom Obdachlosenheim. So packte ich meine Reisetasche mit dem was ich brauchte. Dann sagte er ich müsse nun gehen. Ich fragte einen Polizisten, ob ich nicht in die Klinik könnte, mir ginge es nicht gut. Der sagte ja das ginge und sie riefen mir einen Rettungswagen und sie blieben bei mir bis der kam und mich in die Klinik fuhr. Dort blieb ich dann für sechs Monate.

Ich schrieb Evelyn das ich in der Klinik sei, und ob sie mich nicht mal besuchen wolle. Sie schrieb das sie das gerne würde aber ihre Eltern hätten es ihr mit der Weile verboten mich zu treffen. Aber wir könnten uns in der Stadt verabreden, das würde sie machen. Ich freute mich sehr darüber und wir trafen uns gingen an den Schiffsanleger und setzten uns auf eine Bank, sie raufte sich wieder mit mir, dass machte ihr also noch Spaß. Ich fragte sie vor einem bunten Stromkasten, ob ich ein Foto von ihr machen dürfe, dann kann ich in der Klinik an sie denken. Und vielleicht würde ich sie irgendwann einmal malen. Sie sagte ja und ich bekam ein wirklich schönes Foto mit buntem Hintergrund.

Wir verabredeten uns dann noch einmal. Evelyn wollte zu einer Berufswahlveranstaltung wo ihr die Schule empfahl hin zu gehen. Ob ich sie begleite fragte sie. Ja gerne das mache ich, vielleicht fände sie etwas was sie einmal werden wolle. Aber die Veranstaltung war schon zu Ende. Sie war nur am Vormittag. Mir ging es schon nicht gut zu der Zeit. Ich hatte keinen Spaß mehr und war sehr still. Evelyn meinte ich wäre zimperlich. Na gut was immer sie damit meint. Das war das letzte Mal vorerst das ich sie sah. In der Klinik diagnostizierte man mir eine Bipolare Störung. Ich wurde immer depressiver und dennoch versuchten wir, die Sozialarbeiterin und ich eine neue Wohnung zu finden und ich bekam einen gesetzlichen Betreuer vom Gericht. Ich erinnerte mich, dass ich auch versuchte in der Nähe meiner alten Wohnung eine Wohnung zu finden, da war eine Hausverwaltung die Wohnungen anbot. Also nahmen wir Kontakt zu dem Hausverwalter auf und er erfuhr meine Geschichte. Er sagte er sei ja kein Unmensch und jeder hätte eine zweite Chance verdient. Ich sagte das ich wohl krank war und das alles gar nicht wollte und dass es mir jetzt wieder gut ginge, ich war immer ein ordentlicher Mensch.

Ich sah mir also die Wohnung an. Sie lag ruhig an einer Gartenkolonie und man konnte aus den Wohnzimmerfenster den Himmel sehen das gefiel mir. Aber sonst gefiel mir nichts wirklich. Kleines Bad, keine Badewanne, kleine Küche. Ich war verwöhnt von meiner alten

Wohnung und bis heute habe ich Schwierigkeiten mich dort wohl und zu Hause zu fühlen. Was mir nicht gepfändet wurde hatte man eingelagert und gedrängt das ich das abholen solle, sie würden es nicht ewig einlagern. Es gelang mit Hilfe eines Freundes alles abzuholen und in die neue Wohnung zu schaffen. Dann besorgte mein Betreuer noch Leute die mit mir auf Möbelsuche gingen. Ich fand ein paar alte Möbel in einem An und Verkauf. Man konnte was daraus machen dachte ich. Und sie fuhren sie mir nach Hause. Später arbeitete ich sie mir auf bis sie mir gefielen. Dann fand ich noch einen alten Schrank bei Ebay Kleinanzeigen in der Nähe von Berlin. Aus dem könnte ich auch was machen und er kostete nur 50 Euro. Ich hatte noch einen Betreuer bekommen von der Lebenshilfe der mich dann wöchentlich besuchte. Er war nett und fuhr mit mir diesen Schrank holen. Er kaufte mir auch mein selbstgebautes Doppelbett ab, weil ich sagte, dass ich nie wieder im Leben eine Frau haben werde, es interessiert mich nicht mehr und ich bin viel zu anders für so etwas. Ich fand in der Nähe ein altes antikes Eisen und Messingbett bei einer alten Hausräumung, ein Freund fuhr es mir nach Hause. Die Möbel machen mir nun etwas Freude, aber glücklich wurde ich nie. Es war Jahresanfang als ich aus der Klinik entlassen wurde und in meine neue Wohnung zog. Ich bekam Medikamente die meine Stimmung stabilisieren sollten und Antidepressiva. Aber es ging mir sehr schlecht, die Medikamente halfen nicht, ich empfand keine Freude mehr an irgendwas und ich saß täglich mit dem Netbook im Einkaufszentrum und suchte nach einem Mittel um mich umzubringen. Harte Methoden kamen für mich nicht in Frage, dazu musste man auch so etwas wie ein Held sein und das war ich nicht. Ich war zimperlich, so wie Evelyn zu mir sagte.

Ich fand auch irgendwann was ich suchte ein Medikament das sedierend wirkte und Schmerzlindernd gegen Migränekopfschmerz und in einer Online Apotheke erhältlich war. Ich musste nur eine kleine Hürde über einen online Arzt nehmen. Ich beschrieb ihm das ich unter Migräne leide und das gerne probieren würde. Er verschrieb mir die drei Packungen die man maximal bestellen konnte, ich las das es reicht um sich damit umzubringen. An Gott glaubte ich gar nicht mehr, der hatte mich im Stich gelassen. Den gab es von nun an nicht mehr für mich!

Ich legte die Tabletten erst mal in den Schrank und wollte warten bis ich mich dazu entscheiden könnte zu sterben. Ich sah viel fern und füllte meine Bewusstseinslücken mit Dokus über Geschichte und Naturwissenschaften, Politik. Ich sah die Welt langsam untergehen und dachte immer ich schaffe es noch mit meinem Leben durchzukommen bevor es wirklich schlimm würde, aber jetzt war ich mir gar nicht so sicher, es ging immer schneller voran, alles das was in der Offenbarung der Bibel vorausgesagt wurde. Fernsehpredigten die ich früher gerne sah mied ich nun vollkommen, das gab es nicht wirklich was die dort sagten, ich wollte wirklich von Gott nichts mehr wissen. Mein Betreuer ging mit mir immer Kaffee trinken einmal die Woche und hörte meinem Elend zu. Und so wurde es wieder Sommer. Da saß ich einmal wieder im Einkaufszentrum und da kam Evelyn vorbei mit einem Eis in der Hand. Sie freute sich mich zu sehen und ich freute mich auch, nur konnte ich es nicht mehr zeigen. Sie sagte das sie gerade eine Zahnspange bekommen habe und zeigte sie mir fast stolz. Sie dürfe nichts essen, aber Eis ginge, sagte sie. Ich sagte das ich Mädchen mit Zahnspangen süß finde. Sie hatte sich neben mich gesetzt und streichelte mir über den Arm. Sie merkte das ich sehr ruhig war und fragte, ob ich mich denn freue das sie da wäre, oder ob sie lieber gehen sollte. Ich sagte nein bleib, mir geht es nur immer noch nicht sehr gut und das wäre schon sehr lange so, darum hatte ich mich auch nicht mehr gemeldet.

Die Zeit verging es wurde wieder Winter und auf dem Marktplatz war Weihnachtsmarkt. Ich hatte keine Lust auf Weihnachten und saß wieder auf der Bank im Einkaufszentrum. Da kam Evelyn auf mich zu und fragte, ob ich mit ihr über den Weihnachtsmarkt gehe. Ich wollte erst nicht, aber dann dachte ich warum nicht, es ist Evelyn. Wir bummelten herum und sie kaufte sich gebrannte Mandeln und ich holte mir einen Glühwein. So standen wir nebeneinander und redeten nicht viel, es war für mich doch schön im tiefsten Inneren und sie lächelte auch, war etwas älter geworden, aber immer noch fand ich sie wunderschön. Ich brachte sie dann zum Bus und sie umarmte mich und ich sie. Wir können das ja nächsten Samstag wiederholen, wenn du willst sagte ich und sie war einverstanden. Aber sie kam nicht.

Ich beschloss meine Medikamente abzusetzen, so ging das nicht weiter noch ein Jahr. Ich setzte sie also ganz langsam ab über eine längere Zeit. Es begann mir wieder besser zu gehen. Es wurde Frühling und ich nahm die Sonne, die Natur wieder wahr, etwas Freude kam zurück. Im Sommer der sehr heiß war ging ich oft an den Strand baden. Im Herbst beschloss ich wieder zu malen und meine eigene Technik zu entwickeln und Bilder zu malen die ich auch in einer Online Galerie verkaufen könnte. Ich dachte Geld verdienen mit dem Malen wäre doch nicht schlecht. Früher hatte ich nur für mich gemalt, was mich bewegte. Ich besorgte mir kleine Fläschchen mit Kanülen vorne dran und malte, kleckste und tropfte die Farben auf die Leinwand. Ich mochte den Maler Jackson Pollock und wollte in der Art etwas eigenes entwickeln und ich machte drei gute Bilder. Ich dachte mir drei Bilder im Jahr zum Verkaufen kriege ich hin. Und für mich male ich ja auch noch. Ich hatte das dritte Bild fertig, eine Libelle die über eine Bunte Wiese flog. Es war schon wieder Winter geworden, da traf ich Evelyn in der Steinstraße. Sie kam mir entgegen und ich freute mich sie zu sehen. Sie war ruhiger geworden und war noch mehr gewachsen. Ich fragte sie wie es ihr geht, sie sei ja letztes Jahr nicht zu unserer Verabredung gekommen. Sie meinte das sie da krank geworden war. Sie sagte sie hätte keine Zeit, sie war mit ihrer Mutter im Kino verabredet und schon spät dran. Ich wollte anders mit ihr reden, tiefgründiger. Ich fragte sie ob sie sich für Wissenschaft, Geschichte oder Politik interessiere. Sie meinte das fände sie alles langweilig. Ich sagte das ist es nicht. Spielst du immer noch Computer? Ja sagte sie, viel mache sie nicht. Schule, spielen und einmal im Monat einen Freund treffen und was unternehmen. Das wäre für sie okay. Sie müsse jetzt los. Sie umarmte mich und ging Richtung Kino.

Es war schön sie wieder zu sehen und weckte in mir die Idee das es jetzt Zeit wäre sie zu malen, ich hatte ja noch das Foto von ihr auf meinem Handy. Ich sagte ja damals das ich sie vielleicht irgendwann malen würde. Aber ich hatte noch nie ein Portrait gemalt und traute mich nicht anzufangen. Da war Bildermarkt im Theater und ich ging da hin. Dort bieten Hobbymaler ihre Bilder zum Verkauf, das ist einmal im Jahr. Da war eine Frau die hatte Portraits von ihren Kindern gemalt, sehr professionell. Ich sagte ihr das ich auch ein Portrait malen wolle und mich nicht recht rantraue. Ich fragte sie einige Dinge und sie gab mir bereitwillig Tipps, und sagte dann einfach anfangen! Ich bedankte mich und am nächsten Abend fing ich an und übertrug mit dem Beamer ihre Konturen vom Foto auf die Leinwand.

Ich hatte ja seit Jahren Evelyns Nummer in meinem Telefon. Und so sah ich auch ihr WhatsApp Profil immer. Ich hatte ihr aber noch nie geschrieben. Ihr Profilbild war all die Jahre ein Dinosaurier, oder ein Drachen Ei. Ich dachte immer einem Ei kann man nicht schreiben, man müsse warten bis es geschlüpft sei. Aber nun gerade wo ich anfangen wollte sie zu malen war das Ei verschwunden und stattdessen war ein von ihr gemalter Drachen mit ausgebreiteten Flügeln zu sehen und auf beiden Flügeln stand das Wort ERROR. Braucht sie vielleicht doch einen Freund? Kann ich ihr ein Freund sein? Dazu müsste ich wirklich in meinem Kopf aufgeräumt sein um ihr Dinge über das Leben zu erklären. Ich wusste ja so vieles, aber würde es sie interessieren?

Ich beschloss ihr zu schreiben. Ich schickte ihr ein Bild von meiner Libelle mit ausgebreiteten Flügeln und schrieb ihr das ich auch wieder male und das gerade fertig habe und beschlossen das ich sie jetzt male von dem Foto was ich von ihr habe. Sie schrieb zurück wer ich sei und woher ich ihre Nummer hätte. Ich schrieb ihr wer ich bin und dass wir uns früher geschrieben und getroffen hätten. Sie sagte sie hätte ein schlechtes Gedächtnis und das schon vergessen. Ich sagte das ich ein sehr gutes Gedächtnis habe und sie nicht vergessen. Sie schrieb das sie das eigentlich alles hinter sich lassen wollte, weil das so viel Ärger gab mit der Polizei und ihren Eltern. Und warum ich mich gerade jetzt melde. Ich sagte, dass ihr der Ärger damals nichts ausgemacht hätte warum jetzt? Sie sagte das sie lieber keinen Kontakt mehr mit mir haben wolle, es sei denn wir treffen uns zufällig auf der Straße. Ich sagte okay, wenn du das so willst, dann halte ich mich daran. Dann schrieb ich noch, dass ich sie immer noch gerne habe und das auch noch in drei weiteren Jahren. Ich wünschte mir das ich ihr ein Freund sein könnte, ein Freund fürs Leben. Ich wäre nicht schlecht, oder dumm. Ich hätte früher auch jüngere Freunde gehabt, die habe ich auf ihrem Lebensweg auch positiv beeinflusst. Ich bin allein, habe weder Frau noch Kinder denen ich was von mir geben könne. Und jetzt wo ich das gesagt habe werden wir ja sehen ob sie beim nächsten Mal, wenn wir uns begegnen lieber an mir vorbei gehen möchte. Das wäre für mich traurig aber auch okay. Dann schrieb ich nichts mehr und machte mich ans Malen.

Da trat Gott wieder in mein Leben. Ich weiß nicht wie, aber er war wieder da. Ich begann wieder an ihn zu glauben. Ich erinnerte mich wieder daran wie ich Evelyn unter dem Fische Symbol bei Nordsee das erste Mal sah und das sie mich irgendwie durch die schlimme Zeit getragen hatte in den letzten drei Jahren. Das Gott mir damit geholfen hatte und ich nicht auf der Straße gelandet war. Dieser Weg war mein finsteres Tal durch das ich gehen musste um am Ende Gott näher gekommen zu sein. Wer war ich denn davor, sicher kein guter Christ. Ein Kind voller Träume und nicht viel war davon geblieben. Ich hatte die Jahre keine Frau mehr angesehen, weder auf der Straße noch auf Bildern. Ich hatte kein Bedürfnis danach. Ich sah eine Predigt wo der Prediger sagte, dass es im Himmel keinen Sex gäbe, keine Ehe und kein Mensch erhebe Besitzansprüche an einen Anderen. Die letzten beiden Dinge hatten für mich nie eine wirkliche Bedeutung. Eine Ehe dachte ich immer wird vor Gott geschlossen, nicht vor der Welt und besitzen wollte ich niemanden und auch nicht besessen werden, aber das mit dem Sex hätte ich früher als unhaltbar empfunden, wie viele andere Menschen sicher auch. Aber jetzt fühlte ich mich davon in der Seele angesprochen. Der amerikanische Psychoanalytiker und Bestzeller Autor Irvin Yalom sagte einmal als er achtzig Jahre alt wurde, das man erst dann, wenn einem die Geißel des Sexualtriebes verlassen hat erst in der Lage ist, wirklich den Blick in den Sternenhimmel aufrichten zu können. Ja dachte ich das ist wahr und ich wollte Evelyn ein Freund sein, nur ein richtiger Freund. Vielleicht würde Gott das möglich machen, war sie doch als Einzige noch in meinen Gedanken und in meinem Herzen.

Ich sagte zu Gott, dass ich sie fertig malen wolle und das dauere sicher vier Monate, schätzte ich. Die Farbschichten mussten ja immer mindestens eine, wenn nicht zwei Wochen trocknen. Dann wäre es Mai und wenn es gut werden würde, dann würde ich es Evelyn schicken. Und wenn sie sieht wie ich sie durch meine Augen sehe, dann würde sie mich vielleicht mögen, so Gott das will. Vier Monate das schaffe ich zu überstehen, es war ja schon so viel Zeit vergangen in meinem

Leben. Ich hatte immer wieder an das menschliche Glück geglaubt, das Frau und Mann sich in Liebe begegnen könnten, aber ich war ja selbst dazu nicht wirklich in der Lage. Ich wollte immer wie ein Mann sein und konnte es nicht. So wolle ich es jetzt Gott allein überlassen und seinem Rat folgen, dachte ich.

Ich begann also zu malen und es wurde gut, es ging voran. Manchmal hatte ich Angst das Falsche zu tun, aber letztendlich waren meine Entscheidungen immer richtig. Ich dachte Gott malt mit. Aber Gott schickte mir wieder Prüfungen die ich bestehen musste. Ich meide ja das Leben der anderen so gut es eben geht, aber Prüfungen kommen trotzdem, man kann dem nicht entgehen. Ich will sie nicht im Einzelnen erzählen, aber es geht dabei immer um Liebe, Freundlichkeit, Hilfe, Rücksicht und Vergebung. Ich malte also meine Stunden und in der Stadt begegneten mir meine Aufgaben. Und ich machte alles gut, was mir auch begegnete. Dann eines Vormittages wollte ich schon früh in die Stadt, das Bild war so etwa zur Hälfte fertig, vielleicht zu einem Drittel. Ich ging auf die Straße und sah das in der ganzen Straße die Straßenlampen brannten, am helllichten Tage. Das sah irgendwie aus als würden Sterne eine Gasse bilden die mich führen solle. Es wirkte alles irgendwie verklärt. Da sprach Gott zu mir. Er habe meinen Plan geändert, ich bin meinen Weg so gut gegangen bisher, dass er mir nun den Weg zum Himmel zeigen würde und mich leiten. Und was ist mit Evelyn? Was soll ich da tun?

Ich ging in die Stadt und irgendwie liefen mir immer böse Männer über den Weg. Beim Bäcker kam eine Familie herein und der Mann benahm sich wie ein Pascha, sehr unangenehm auch für die Verkäuferin. Bei Steinecke setzten sich zwei Männer neben mir an den Tisch und redeten abfällig über alles, Frauen, andere Menschen und dass es unverschämt sei, dass sie ihren Kaffee selbst an den Tisch tragen müssten und dass sie es nicht einsehen würden auch noch abzuräumen. Obwohl das dort ebenso ist und man das macht. Sehr unangenehm war das. Dann ging ich zu meinem Einkaufsmarkt. Und draußen davor pöbelten auch zwei Männer umher und schrien um sich. Was soll das, fragte ich Gott, warum zeigst du mir das Alles, es ist schlimm. Und er sagte, diese Männer sind alle in der Vorhölle. Und so etwas hätte auch mir geschehen können, bei all dem was ich in meinem Leben erdulden musste, aber er hätte mich davor bewahrt, weil ich ihn immer gesucht hätte. Er wollte mir das zeigen. Er sagte mir nicht wie schwer der Weg in den Himmel nun für mich werden sollte und ich durfte nicht daran verzweifeln und verbittern. Dieses mal sollte ich nicht meine Wohnung verlieren, sondern mich selbst.

Die Antwort was nun mit Evelyn sei bekam ich am selben Abend. Der fliegende Drache war nicht mehr ihr Profilbild bei WhatsApp. Sie hatte es geändert und eine Teufelsfratze blickte mir entgegen. Oh Gott dachte ich. Wenn sie nun vielleicht enttäuscht wird vom Leben und ihr Herz auch versteinern lässt, wie so viele Menschen ein steinernes Herz haben. Gegen den Teufel anzutreten macht keinen Sinn. Gegen ihn kann man nicht gewinnen, das wusste ich aus Dantes Inferno. Gott hatte mir diesen Film gerad erst gezeigt. Nur mit Selbstaufgabe und Demut könne man den Teufel bezwingen. Soll ich kämpfen, oder aufgeben. Ich sah eine Predigt wo der Prediger sagte, dass man kämpfen sollte. Also schrieb ich ihr alles was ich diesen Tag mit Gott erlebt hatte. Und sie sperrte mich in WhatsApp. Was hatte ich erwartet sie musste mich ja für verrückt halten. Aber Gott sagte, ich solle über Facebook und SMS weiter machen, aber nur dann, wenn er es sagte. Ich schrieb ihr, das wenn man den Weg durch Christus ginge Leiden nicht ausbliebe und das auch Verwirrtheit dazu gehöre, so stehe es im Thomas Evangelium, dem Buch das mir sehr nahe ist.

Dann irgendwann kam wieder eine Prüfung, ich wartete schon lange auf eine Prüfung der Verführung und eines Tages kam sie. Ich musste an diesem Tage einer Freundin helfen Katrin die auch malt und psychisch krank ist. Sie war dabei sich zu verirren und einen Fehler zu machen und ich tat alles um ihr das auszureden über WhatsApp. Ich schaffte das und war zufrieden. Da ging ich am Wasser entlang nach Hause. Auf einer Bank saß eine sehr hübsche junge Frau und sie lächelte mich an. Das ging mir tief ins Herz, aber ich ging weiter. Darauf lasse ich mich nicht ein, nicht jetzt. Das wäre ja ungeheuer falsch, wenn ich dem nachgehen würde, ich würde Gott verraten und wer weiß wo landen. Ob das eine Versuchung vom Teufel war, oder von Gott war mir egal. Gott zeigte mir in einem Schaufenster neue Sachen. Er sagte es wird Zeit das du dich ein wenig neu einkleidest. Du trägst deine Jacke schon zwanzig Jahre und deine Strickjacke, so sehr du sie liebst auch. Ich sah ein blaues Stricksakko und eine Lederjacke die mir sehr gefielen. Okay wenn du meinst Gott. Er sagte das er Evelyn und mich zusammenbringen würde und dass ich dann ordentlich aussehen sollte. Ich ging wieder am Wasser entlang, da war plötzlich ein weißes Herz auf den Boden gemalt und Gott sagte, von hier an muss dein Herz rein bleiben. Und ich sagte mein Herz ist rein und das bleibe es auch, versprach ich.

Ich schrieb Evelyn das Gott sagte das er uns zusammenbringen würde. Und da kam eine Antwort von ihr. Nein! Nur das eine Wort. Ich schrieb ihr die Geschichte mit dem weißen Herz und den neuen Sachen. Ich erwartete keine Antwort und es kam auch keine. Am nächsten Tag ging ich in den Laden um mir die Sachen zu kaufen. Vor dem Laden begegnete ich meiner Freundin Kathrin der Malerin. Ich erzählte ihr das Gott gesagt hätte ich solle mir hier die schönen Sachen kaufen. Sie sagte, aber neue Schuhe brauche ich auch. Ich sagte, nein ich mag meine Schuhe die trage ich schon fünf Jahre, sie sind bequem und eingelaufen, warum also? Sie sagte das sie für ihren Freund auch gerade ein Hemd gekauft habe und nachdem sie es mir zeigte, verabschiedeten wir uns und ich ging in den Laden. Mir passten genau die Sachen die ich gesehen habe und die Lederjacke sei aus Schafleder. Ich dachte Gottes Scherze, ich bin sein Schaf. Das war gar nicht billig und ich musste mein Sparschwein ganz schön schröpfen, aber ich vertraue auf Gott das er mich immer versorgt und das hatte er bisher immer. Am nächsten Tag ging ich an meinem Schuhladen vorbei und Gott sagte, doch du brauchst neue Schuhe. Ich wollte nicht aber Gott lenkte mich in das Geschäft. Und ich sah gleich ein Paar schöne Lederschuhe mit einer mehrfarbigen Sole, die Farben passten zu meinem Stricksakko und der Lederjacke. Toll dachte ich, dann muss es wohl sein. Die Schuhe waren auch nicht billig. Ich versuchte sie zu tragen, aber ich lief mir die Füße Wund. Ich wollte sie noch nicht weiter eintragen und zog die alten wieder an. Irgendwann werde ich sie schon tragen, wenn ich sie brauche und gutaussehen muss.

Ich hatte aufgehört an Evelyns Portrait zu malen. Es ging einfach nicht mehr. Ich lief nur durch die Straßen und ließ mich von Gott leiten, ich entwickelte wieder viele Kindliche Fantasien. Ich war ein Gotteskind keine Frage, das sagte Gott zu mir. Weißt du wer ihr in Wirklichkeit seid? Ihr seid die wiedergeborenen Seelen von Adam und Eva. Und als ich euch bei Nordsee und dem Fische Symbol zusammenbrachte, habt ihr euch gleich erkannt, ohne das Geheimnis zu wissen. Siehst du dein Name ist René und das bedeutet wie du ja weißt auf Französisch: „Der Wiedergeborene" und Evelyn ist abgeleitet von dem Namen Eva, was hebräisch bedeutet: „Die erste Frau". Und das bedeutet, das ihr euch heute in Liebe begegnen könnt. Ihr seid von der Erbsünde befreit, dass ihr damals auf die Schlange hörtet und vom Baum der Erkenntnis von Gut und Böse gegessen habt und euch dann voreinander verbergen musstet und das Paradies verlassen. Ihr esst nicht mehr vom Baum der Erkenntnis und urteilt nicht mehr was Gut und Böse ist. Ihr wisst das nur allein Gott das tun kann, er weiß was Gerecht ist und was nicht.

Und weil er seinen Sohn Jesus gesandt hatte der euch von dieser Schuld erlöst hat am Kreuz, tragt ihr ihn jetzt in euren Herzen und ihr habt gelernt zu lieben und zu vergeben. Ihr seid vor Gott gerecht, weil ihr Christus in euch angenommen habt. Nur Jesus kann den Kopf der Schlange für immer zertreten und euch von Schuld und Sünde in euren Herzen bewahren.

Aber hat Gott vielleicht Evelyn wieder einmal nur benutzt um mich im Glauben voran zu bringen? Verstehe sie das überhaupt? Ich zweifele daran das, wenn das alles stimmt, wir in dieser Welt und in diesem Leben zueinander finden können. Das ist viel zu schwierig, vieles spricht dagegen, allein der Altersunterschied.

Man sollte nicht zweifeln, denn wo man zweifelt findet der Teufel fruchtbaren Boden hat einmal ein Prediger gesagt. Und ich denke, dass der Teufel das nun für sich nutze. Denn ob es Gott oder der Teufel war es wurde immer verrückter in meinem Kopf. Wir würden die Welt retten, sagte die Stimme und wir würden in Wohlstand leben können und ich würde mein Traumauto bekommen. Ich kürze das hier sehr ein, denn das alles was dann in meinen Kopf kam bildete eine riesige Fantasieblase. Ein Freund sagte, wenn die platzt dann wird es dir wirklich schlecht gehen, das alles könne nicht stimmen, alles nur meine Einbildung. Ich wollte ihm nicht glauben und sagte und wenn schon, mir würde es schon nicht schlecht gehen. Ich schrieb Evelyn unbekümmert diese Fantasien und dann kam eine Antwort von ihrem Vater. Ich solle seine Tochter in Ruhe lassen und ich wäre ein Spinner, wenn ich nicht aufhöre, dann ginge er zur Polizei. Ich schrieb ihm das ich nur Gott folge, er sei mein Vater. Und dass seine Frau, Evelyns Mutter auf ihrer Facebook Seite schrieb: Gottes Mühlen mahlen langsam und am Ende bekäme jeder das was er verdient. Also ist Gott ihnen nichts Fremdes, sonst hätte ich das alles gar nicht gewagt.

Es dauerte nicht lange und es platzte die Blase und es ging mir schlecht, es ist gar nicht zu beschreiben wie schlecht es mir ging. Ihr Vater hatte recht, ich habe mir das Alles nur zusammen gesponnen und ich wusste nicht wie ich weiter leben könnte mit dem was ich im Kopf hatte, mit dem ich wochenlang herumgelaufen bin. Wie sollte ich da je wieder herauskommen, dachte ich. Das sei gar nicht möglich und ich beschloss meine ganzen Selbstmordtabletten einzunehmen die ich ja im Schrank hatte. Ich dachte, wenn es so sein soll dann wird mich Gott nun zu sich nehmen, vielleicht soll das so sein, ich habe auf dieser Welt sowieso nichts mehr zu verlieren, was sollte ich hier noch? Und ich schlief ein.

Ich wachte langsam wieder auf, ich war im Krankenhaus auf der Intensivstation. Dann brachten sie mich in die geschlossene Psychiatrie. Noch benommen erzählte ich den Ärzten von Gott und von Evelyn. Nicht viel brachte ich zusammen und sie sagten, ich hätte eine Wahnhafte Störung und müsse dagegen ein Medikament nehmen. Ich wollte das nicht und wieder nach Hause. Sie sagten nach Hause könne ich die nächste zwei Wochen sicher nicht und wenn ich das Medikament ablehne würden sie es mir zwangsverordnen mit einer richterlichen Verfügung. Später erfuhr ich, dass es ein Bluff war, das hätten sie gar nicht gedurft. Aber sie hatten Erfolg und ich nahm das Medikament. Ich sagte ich wollte Ostern wieder zu Hause sein, da brach das Corona Virus aus und es begann der Look Down. Ich schaffte es Ostern wieder zu Hause zu sein, aber am Karfreitag platzte die Blase ein zweites Mal und es ging mir wieder richtig schlecht. Kein Rettungswagen wollte mich in die Klinik bringen. Und meine Mutter die ich anrief konnte mir auch nicht helfen. Sie erzählte mir das sie dafür verantwortlich war das ich gefunden wurde, als ich die Tabletten nahm. Sie hatte versucht mich mehrmals anzurufen und ich ging nicht ans Telefon. Da machte sie sich Sorgen und sie und mein Vater fuhren nach Brandenburg um nachzusehen ob ich zu Hause war. Alles war dunkel bei mir und sie riefen intuitiv die Polizei an. Die öffneten dann meine Wohnungstür und fanden mich dort bewusstlos. Sie riefen den Rettungsdienst der mich dann versorgte und ins Krankenhaus fuhr. Normalerweise ist das gar nicht möglich das es so kam, ich hätte sterben können, aber eine Kraft hatte dafür gesorgt, dass es genau so kam. Gott wollte nicht das ich sterbe. Ich wäre lieber gestorben.

Ich hielt das Osterwochenende aus, ging spazieren. Auf den Straßen war es leer und einsam. Auf einem Weg stand geschrieben: Jesus liebt dich! Und auch noch: Jesus lebt, trotz Corona! Das tröstete mich ein wenig. Am Montag hatte ich einen Termin bei meiner neuen Psychiaterin. Sie sah wie schlecht es mir ging und wies mich wieder ein in die offene Psychiatrie wo ich mich auskannte. So war ich nicht allein im Look Down, Gott sorgte für mich. Als die ersten Geschäfte wieder öffneten und mein Café Steinecke öffnete auch wieder konnte ich wieder Kaffee trinken gehen. Es war erst einmal überstanden.

Irgendwann vertrug ich das Medikament nicht mehr, das ich seither genommen hatte. Ich hatte Bewegungsstörungen und war verwirrt. Meine Psychiaterin sagte Gott sei Dank, das wir es absetzen sollten. Jemand musste mich für sehr krankgehalten haben, der es mir verordnete. Auf sie würde ich nicht den Eindruck machen. Sie sah in mir eher einen gesund aussehenden, gebildeten Menschen, der nicht wirke als hätte er Probleme. Ich sagte ihr danke für diesen Spiegel und ich erzählte ihr, das ich ganz allein wäre und nicht auf Menschen zugehen könnte und gar nicht erst plaudern und lachen.

Identitätsverlust

Ich tat den restlichen Frühling und Sommer nichts als rumsitzen, zu Hause, im Steinecke und auf einer Bank am Fluss. Ich hatte keinen Appetit mehr, aß immer das Gleiche. Ich beobachtete die Menschen und hörte zu, wenn sie miteinander sprachen. Ich konnte und wollte ihnen nicht mehr folgen, ich war nicht mehr von dieser Welt. Worüber die alle Sprachen, ihr Leben und was sie alles so taten das war mir fremd und damit wollte ich auch gar nichts zu tun haben. Ich sah Familien und wusste, dass auch das für mich nichts wäre. Ich sah dem Mann der schon seit Jahren auf dem Marktplatz stand und vor sich hinstarrte, ganz allein. Bis er nicht mehr da war. Ich hörte er hätte Krebs. Ich sah die ältere Frau die Sommer wie Winter mit einer schmuddeligen dicken Winterjacke auf der Bank saß und sich mit Leuten unterhielt. Ihr ging es gut, sie lachte oft. Ich sah die Flaschensammler täglich ihre Runden drehen, auch sie lebten so vor sich hin Tag für Tag. Zu Hause über mir wohnte ein Mann allein der fast nie die Wohnung verließ. Ich hörte ihn immer herumlaufen, dann war es wieder eine Zeit lang still, dann wieder Bewegung. Was macht der den ganzen Tag, wie kann man das aushalten? Die alte Frau von ganz oben genau so immer in der Wohnung. Und ich was tat ich? Ich schwelgte in meinen Lebenserinnerungen Tag für Tag und mir wurde klar das mein Leben aufgehört hatte. Ich konnte nicht mehr malen, seit ich mit Evelyns Portrait aufgehört hatte. Mir wurde klar das ich nie wieder malen könne, denn das Malen war verbunden mit meinem Leid, meinen Sehnsüchten, meinen Erleuchtungen. Das war nicht gesund und das Medikament das ich nahm seit meinem Selbstmordversuch hatte mir alle Fantasien geraubt. Ich war gesund geworden von dem Kindlichen was mich ausmachte. Der Rest von mir lag am Boden und wusste nicht mehr wie und wohin. Da sah ich eine Predigt und der Prediger sagte: „Wenn du am Boden liegst, weil das Leiden deiner Vergangenheit dich niedergestreckt hat und du deiner Angst erliegst in deinem Selbstmitleid, dann kannst du weder von Menschen noch Gott Hilfe erwarten. Sie wird nicht kommen. Du musst von selbst wieder aufstehen und die Kraft aufbringen, wieder einen Schritt vor den anderen zu setzen, so schwer es auch ist. Ansonsten bleibst du ein

Babychrist und Gott kann dich nicht gebrauchen und der Teufel hätte gewonnen."

Das machte mir große Angst. So war das mit mir, ich lag am Boden und hatte Angst, weil ich kein Leben mehr hatte, keine Identität mehr. Ich dachte, das war es, ich hätte keine Kraft mehr aufzustehen. Und Gott brauchte ich nicht um Hilfe bitten. Ich hatte einen Termin bei meiner Psychiaterin. Ich dachte die ganze vorhergehende Woche darüber nach was ich ihr sagen sollte, dass sie mir half, irgendwie. Ich erzählte ihr das ich ein Leben hatte früher, eine Frau, Arbeit, Menschen, aber alle sei verschwunden und ich hätte nur noch Angst. Sie sagte auch mir fehle die Männlichkeit und ich schwelge in Selbstmittleid, niemand wird mich aufheben und durchs Leben tragen. Ich solle aufschreiben wovor ich Angst habe, sie sei eine Leseratte die Arbeit wäre nur zum Brötchen verdienen, am Liebsten lese sie. Also ging ich nach Hause und schrieb drei Tage hintereinander auf was mir Angst machte. Danach war ich so aufgewühlt, das ich dachte, keinen Tag mehr hälst du das einsame Leben aus in deiner Wohnung. Ich rief meinen Betreuer an und packte meine Tasche, und er fuhr mich in die Klinik.

Erste Schritte

Als ich aufgenommen war setzte ich mich in den Fernseh- und Essenraum. Da kam die Sozialarbeiterin vorbeigelaufen und sie begrüßte mich als sie mich sah. Ich erzählte ihr das ich am Boden liege und dass ich mir wünsche in ein Pflegeheim zu kommen, wo es grün ist und hell. Das ich mir vorstellte nur noch in einem Sessel zu sitzen und aus dem Fenster zu schauen für den Rest meines Lebens. Sie sagte sie hätte da vielleicht etwas. Es gebe eine neue Einrichtung am Mariengrund ein Heim für junge Pflegebedürftige und grün sei es da. Sie könne mir nachher einen Flyer bringen, da könnte ich mir das ja mal anschauen. Sie brachte mir den Flyer und ich las ihn mir immer wieder durch. Ich dachte, wie gut das sie gleich da war und mir etwas Hoffnung gab mit dem Flyer. Ich las, dass man dort eine Pflegestufe bräuchte und wir füllten am nächsten Tag einen Antrag dafür aus.

Ich ging viel spazieren im Klinikpark, der Spätsommer hatte noch schöne Tage. Ich saß auf einer Bank als eine ältere Frau vorbei kam die auch auf meiner Station war. Sie fragte ob sie sich zu mir setzten dürfe. Ich sagte natürlich gerne. Und wir unterhielten uns. Irgendwann sagte ich ihr das ich keinerlei Freude mehr empfinden könnte, einzig wenn ich eine Katze sehe, oder Vögel fühle ich noch ein klein wenig Freude. Da zeigte sie mir auf ihrem Handy ein Video. Eine Katze die es liebte im Meer zu schwimmen. Ich behielt das Video dann lange in meinem Kopf.

Irgendwie half mir das und ich machte in meinen Gedanken erste Schritte, was mir denn helfen könnte. Und ich bekam die Idee mir vielleicht ein Neues Bullerbü für das Alter zu suchen. Ich liebe das Meer vor allem die Ostsee. Und ich dachte, dass es schön wäre dort zu wohnen und jeden Tag am Strand spazieren zu gehen. Und vielleicht fände ich dort eine kleine Kunstschreinerei wo ich etwas arbeiten könnte mit Holz. Das mochte ich früher sehr. Ich müsste ja kein Geld verdienen, meine Rente reicht zum Leben. Nur das ich eine kleine Beschäftigung habe und ein paar nette Menschen um mich herum. Und vielleicht läge alles zusammen in der Nähe, dass ich es mit dem Fahrrad erreichte. Ich könnte im Winter recherchieren im Netz ob es so etwas gibt. Und im Frühjahr könnte ich mir ein altes Auto kaufen und ein Zelt von meinem Erspartem und die Küste abfahren, ob ich etwas fände, ein neues Zu Hause fern von der Welt in der es immer schlimmer wird. Ich hatte wieder einen Traum von Leben.

Ich erzählte das den Ärzten und denen gefiel das. Ich sagte sie sollten mir Therapien geben wo ich viel reden könne, das wäre mir jetzt wichtig, mit den Patienten könne man sich ja nicht unterhalten, die sind verrückt und ich hätte Angst vor den Meisten. So redete ich mit den Therapeuten oft über die Zeit hinaus. Und dann kam mir der Gedanke dieses Buch zu schreiben. Es war ja schon zu großen Teilen fertig in meinem Kopf und ich wusste wie viele Kapitel es werden sollten. Also fing ich am 30zigsten Jahrestag der deutschen Einheit an zu schreiben. Die erste Hälfte ging schnell, ich schrieb vier Tage von morgens bis abends. Dann als ich zu der Liebe kam wurde es schwerer und ich musste öfter Pause machen. Da traf ich wieder auf die ältere Frau und ich erzählte ihr das ich wieder etwas Lebensmut gefasst hätte, dank des Katzenvideos vielleicht. Und dass ich ein Buch angefangen habe, aber es nun etwas schwer geworden war weiter zu schreiben. Da sagte sie, dass sie mir etwas geben möchte und sie ging in ihr Zimmer und holte aus ihrem Schrank etwas. Sie überreichte mir eine kleine Tafel Kinder Schokolade mit vier Schokoladenriegeln. Die vier ist für mich die Zahl der Liebe. Wie im vierten Vers im Hohelied der Liebe: Die Liebe ist langmütig und freundlich...

Und vorne auf der Tafel war eine Katze abgebildet in einem Superhelden Kostüm mit rotem Umhang. Und daneben stand geschrieben: „Du schaffst das!" ich dankte ihr dafür und legte die Tafel auf meinen Nachtschrank das ich sie immer sehe. Und ich konnte weiterschreiben. Als ich das Kapitel „Kristin" fertig hatte war ich sehr müde und erschöpft. Ich musste mehrere Tage Pause machen. Während dessen formten sich aber die weiteren Kapitel in meinem Kopf. Ich schrieb weiter in Pausen von langen Spaziergängen im Klinik Gelände. Bis ich das Kapitel Evelyn angefangen hatte. Ich kam bis zu der Stelle, als sie ihr Profilbild in die Teufelsfratze änderte. Dann ging es mir richtig schlecht, ich lief und hatte das Gefühl der Teufel kämpfe in mir das ich bloß nicht weiterschreiben könnte. Es war ein heftiger Kampf und ich betete zu Gott. Bitte, bitte, bitte hilf mir! Ich bin so weit gekommen, ich kann doch jetzt nicht aufgeben. Verjage den Teufel ich kann es nicht allein. Und er half. Ich konnte weiterschreiben.

Als ich das Kapitel fertig hatte wurde mir plötzlich ganz warm im Herzen und mir kamen die Tränen. Wie lange ist es her das ich geweint hatte, ewig. Und es hörte nicht auf ich musste raus spazieren gehen. Es war sonnig, aber schon recht kühl. Es ist ja bereits Oktober. Ich setzte mich an der großen Wiese auf eine Bank und die Tränen ließen kaum nach. Da kam plötzlich ein junger Mann mit nacktem Oberkörper über die Wiese direkt auf mich zu gerannt. Er bückte sich im Lauf und pflückte etwas von der Wiese und kam weiter auf mich zu. Ich bekam Angst, dass es ein Verrückter sei und er mich angreifen würde. Dann stand er vor mir und überreichte mir eine Löwenzahn Blüte. Und er sagte: „Herzlichen Glückwunsch, das hast du gut gemacht!" Er streichelte mir über den Kopf und lief davon. Ich dachte, Gott ist in den Schwachen mächtig. Und dass ich zwar der Autor dieses Buches bin, das aber Gott der viel größere Autor ist, der auf diese Art mein Leben schreibt. Von nun an schlug mein Herz wieder und es gibt immer wieder Momente der Tränen in mir.

Die Therapeuten mit denen ich viel redete wurden plötzlich alle krank. Aber ich machte mir keine Sorgen mehr darüber. Ich begann mit den Patienten zu reden. Als erstes war da einer den hielt ich für sehr düster. Er hatte mich schon einmal angesprochen und ich ging darauf ein. Aber er wurde dann wütend über irgendetwas und ich ging weg. Dann saß er mit jemandem am Tisch und sie unterhielten sich darüber, ob es einen Unterschied zwischen einer Geige und einer Violine gäbe. Er meine es gäbe einen Unterschied, der andere meinte es gäbe keinen Unterschied. Sie wurden sich nicht einig. Da sagte einer, dass es auch größere Geigen gäbe. Da sagte ich im Vorrübergehen: „Ja die nennt man Bratschen!"

Dann unterhielt ich mich heute mit einem Mann und wir waren uns ähnlich über das Leben und die Welt. Ich erzählte ihm von mir und er sagte ich hätte ja viel Schlimmes mitmachen müssen. Wie ich das nur schaffte immer noch zu lächeln. Da erzählte ich ihm von Gott in meinem Leben und das ich gelernt hätte meine Wunden zu heilen. Sie alle anzusehen und mit Liebe und Vergebung zu behandeln, dass sie sich schließen. Es bleiben zwar die Narben, aber die würden ausmachen wer ich in Gott bin. Er begann zu weinen und ich auch. Er sagte, er müsse jetzt gehen, ich sagte es ginge mir genauso.

Dann ist da noch mein Zimmernachbar. Ich unterhielt mich am Anfang kaum mit ihm, weil ich mitbekam das er ziemlich düster war und in einer Welt die der Meinen ganz fremd war lebte, wir waren beide hier, aber er erlebte das drumherum ganz anders, bedrohlich und dunkel. Aber er hatte eine Bibel auf seinem Nachttisch und irgendwie dachte ich, dass er damit doch unter Gottes Hand sei. Und es ging ihm langsam immer besser und wir begannen uns öfter zu unterhalten. Er sagte das er die Bibel gerne lesen würde, aber er könne sich nicht konzentrieren. Das sagte er heute wieder und ich erzählte ihm, dass ich das ganze Buch in jungen Jahren gelesen habe und fast ein halbes Jahr dazu gebraucht hätte. Es gäbe Menschen die könnte das ganze Buch auswendig. Aber das sagt nichts darüber aus ob Gott einen mehr liebe oder nicht. Gott verlange nur von denen die stark genug sind das zu können viel mehr. Deshalb kann ich auch dieses Buch schreiben. Aber wenn er zu Gott bete genüge es und Gott würde für ihn sorgen, er stünde auf der richtigen Seite. Er bete oft, sagte er. Ich sagte das reicht dann schon, er solle Gott vertrauen.

Nun Gott beginnt mich zu benutzen und ich weiß nicht wohin das führt, ins Pflegeheim, oder an die Ostsee, oder doch ganz woanders hin. Ich habe mein Herz zurückgewonnen im Schreiben dieses Buches, es schlägt und es ist mir egal wo ich bin und sein werde. Dieses Leben muss eben gelebt werden, obwohl ich auch gerne gehen würde von der Welt die sich immer schneller zu drehen scheint und immer mehr ins Taumeln kommt. Gott wird für mich sorgen und auch für die Welt, das hat er in der Offenbarung angekündigt, dass er kommen würde für alle Menschen, so oder so. Hier ist es Zeit das Buch zu beenden, ein Buch des Lebens, ein Buch das lebt in diesem Moment.

Am Ende ist der Tod

Mag sein nach dem Tod ist das Nichts, ob man glaubt oder nicht. Und das Nichts macht das Leben sinnlos und bedeutungslos. All das Wollen, all das Streben der Menschen verliert sich im Nichts. Es kann dort weder Erinnerung an das eigene Leben geben, noch das Bewusstsein das es ein Universum und eine Welt gibt, je gab, in der wir ein Leben hatten. All das Schlimme was die Menschen tun geschieht nur, weil sie vom Tod nichts wissen wollen. Aber er gehört zum Leben dazu, Tag für Tag. Wenn man sich dessen bewusst ist, dann kann man nur bemüht sein sich und sein Leben so gut und so liebevoll wie möglich zu gestalten. Und das gleiche Recht seinen Mitgeschöpfen zugestehen. Und eines ist gewiss, Gott ist lebendig in dieser Welt und er kann, wenn er will in jedem menschlichen Geist der lebt ein Licht anzünden!

10.10.2020, 14.04h